与城市亲密相拥
YU CHENGSHI QINMI XIANGYONG

不是纯粹的城市生活指南
也不是矫情的城市心灵读本
只是尽力想以朴拙却真实的文字
引领你潜入浩荡城市的更深处……

向墅平 著

北京燕山出版社
BEIJING YANSHAN PRESS

图书在版编目（CIP）数据

与城市亲密相拥 / 向墅平著. -- 北京：北京燕山出版社，2016.1

ISBN 978-7-5402-3480-5

Ⅰ．①与… Ⅱ．①向… Ⅲ．①中国文学－当代文学－作品综合集 Ⅳ．①I217.2

中国版本图书馆CIP数据核字(2016)第 025205 号

与城市亲密相拥
YU CHENGSHI QINMI XIANGYONG

作　　者	向墅平
责任编辑	郭东梅
责任校对	甄飞　岳欣
封面设计	杭州众书文化
社　　址	北京市西城区陶然亭路 53 号（100054）
电　　话	01065240430
传　　真	01063587071
印　　刷	深圳市金丽彩印刷有限公司
开　　本	880×1230（毫米）　1/32
字　　数	230 千字
印　　张	8.25
版　　次	2016 年 9 月第 1 版
印　　次	2016 年 9 月第 1 次印刷
定　　价	36.00 元
出版发行	

版权所有　盗版必究

目录

目 录

第一辑 城市容颜

都市之美	2
雨·城·禅意	6
招牌诱惑	8
音乐喷泉	9
最美的时光,最美的遇见	10
璀璨灯火照满城	12
盼望一场雪	15
漫步街市之一——城市印象	17
漫步街市之二——如梦絮语	19
漫步街市之三——一路快意	22
这个世界,不冷也不暖	24

第二辑 城市情怀

爱一座城	26
一个人的街市	32
旧·暖	35
包子香里的城市味道	38
都市里柔美的一角	40
夜宵	42
打望季	45
刹那之缘	48
那些萍水相逢里的陌生	50
寻找都市的温情	52
一张纸片下的温暖	54
热闹下的都市寂寞	56
房子	60

第三辑 城市乾坤

天台	64
城市中心	66
银行	68
老巷	70
图书馆——都市人的精神家园	72
电影院的前世今生	76
情迷新华书店	83
快餐店	88
有一个地方,你应该常去	90
你好,书报亭	93
天桥上的精神小憩	95
生活的超市	97
城市的天空	99
好一方阳台	104

第四辑 城市众生

一个城里人的一天	108
从衣食住行看都市众生	116
城里人眼中的乡下人	121
广场老年一族之颐养生命	124
伴着音乐独步于闹市的老者	126
婴儿车里的宝贝	128
出租屋里的悬浮人生	130
流浪的灵魂	133
你是我的全世界	135
退休后的幸福时光	137
他们的清凉在心底	139
街头那些值得仰望的卑微	141
睡在电梯边上的扁担兄弟	143
楼梯哥	145
最后的步行者	147

第五辑 城市菩提

花开，或者不开	150
幸福，在临街而坐的那扇窗前	152
心有幽凉	154
活成一株茉莉花	156
过站	158
有一个地方，冬暖夏凉	159
天堂·地狱	160
一家频繁转租的门面	161
来一场说走就走的——旅行	163
病房	166
空间	169
城·人	171
花儿一直都醒着	173
月光·幸福	175
闭门独享一餐饭	177
看灯	178
易碎的工艺品	179
一只闹市中安睡的犬	180
臭豆腐	181
在内心也安放一只"垃圾桶"	182
笼子·鸟·人	184
思索在灯火都市夜	186
都市田园	189

第六辑 城市万象

自由生长的快乐	194
红绿灯下	197
斑马线上的争与让	198
对街头传单说"不"	200
镌刻善良	202
挤——都市人生里的宿命	204
失落的同情心	207
香蕉皮之祸	210
免费体验	211
堵	213
门对门	214
都市里那些稀缺的珍品	215
何处安放的老年	219
"出"城	222
有尊严地活	225

第七辑 城市诗韵

有一盏灯	230
城里的月亮	231
书城里的唯美时光	232
十字街头	234
菜市场	236
小区里的温柔夜时光	238
城里人	241
灯海苍茫	244
与城市亲密相拥	246
让世界保留本相	249

第一辑
城市容颜

繁华。时尚。现代。生动。容颜瑰丽。风情万种。都市的魅力，汹涌入目，无法阻挡……

都市之美

以俯瞰的心态,遥望山下。忽然发现,轻纱一般的薄雾轻罩下的偌大一座城,宛似落于凡间的一处仙境,缥缈,幽美,令人心驰神往。原先那些看得见或看不见的"丑陋"和"败笔",一一都不复存在;留下的,是都市恢宏之美!

清晨,走出卧室,来到阳台。

呼吸着新鲜的空气,嗅闻着阳台上几盆花儿的缕缕芳香,感受着清晨里最惬意的时光。

刚从睡梦中醒来,有着婴儿般的初心,有着最旷远的情怀。因而,此刻眼里的城市,也呈现出最美的面貌。

轻轻仰起脸,让正从远处高楼间隙里徐徐升起的太阳,将它点点金色的光辉,洒落在头上,在脸上,在眼里;而后,渗入心底。像鸟儿一般张开双翅,目光望向城市上空,望见一行雁阵,正悠然飞翔于澄澈的天幕。对面居民楼的天台上,呼啦啦飞出一群鸽子,快活地绕着楼与楼间的空隙飞旋。背书包的学生,挎肩包的上班族,提菜篮的大爷大妈,一个个穿戴整齐、容光焕发的,从每一处楼梯口走出来了,走向各自要去的地方。

走下楼梯,走向小区广场的时候,看见那些早起的老年朋友们,正投入地做着各种晨练活动,或跳广场舞,或打太极拳,或鞭抽陀螺,或围场慢跑。那精气神还真棒——把一方时空,打造得活色生香,魅力无穷。

如果再走向大街,会看见密集的车流,车身上反射着朝阳的光辉,像一条浮光跃金的河流,流淌得大气磅礴,又顺畅自然。而像繁花一般盛开在各处楼体上的各色招牌和霓虹灯,也在朝阳的映照里,显出几分迷人的风采来……

有时,也会在步履匆匆里,稍稍驻足片刻。于是,可以看见几只彩蝶在路边草丛与花簇间,精灵一般翩跹而舞;细碎的阳光像梦幻一般,从街旁的树叶与树叶的空隙里漏射到地面上;或者一艘艘航船,似画舫一般,在城边碧波荡漾的江面上悠然徜徉……如许动人的一瞬,或许却是生活在都市里的有些人多年都不曾见过的,只因他们长期习惯了只顾匆匆赶路,忽略了欣赏途中最美的风景!

可是,身居城市,却时常会看到一些不堪入目的"丑陋",以及不甚协调的"败笔"。

一些街道上,行人和车上乘客会随手丢下果皮、纸屑或者烟头。有风吹过时,这些地上的垃圾被吹得满街都是。尤其是在炎热夏季,汽车驶过时扬起的大量浮尘,弥漫到空气中令人呛鼻。却还见着一些光了上身的食客,坐在路边摊前的篷伞下,流着汗大口大口吞咽着廉价的快餐。而他们面前,更有食摊老板泼洒的洗碗水和零星剩饭菜,在高温蒸烤下发出阵阵令人作呕的臭味儿……

车流高峰时段,无数汽车,一辆接一辆串在一起,挤在一起,不能动弹。交通瘫痪,空气凝固,时间停滞。好一阵难熬。乘车的、开车的,怨气冲天。有性急的,索性弃了车,下去步行。堵车,成了繁华街市上一道不愿见到的风景。

公交车上。为抢座位,乘客与乘客不惜展开肉搏战:你扯我拽,互不相让,乃至两个躯体粘连在一起,给本就拥挤的车内空间雪上加霜。或者,有"黑手党"在上下车门的混乱中,掏摸他人的衣袋或挎包。抑或有"咸猪手",在近身相贴中,偷偷伸向女性乘客的身体……

园中的花朵,被人悄悄采摘;路边的柳枝,被人无情折断;巷中的路灯,灯泡被人拧下;干净的墙壁,被人肆意涂画;人多的公共场所,有人吞云吐雾;本该安静的地方,有人任性地高声喧哗,甚或做出不雅举动……

还有那些看不见的江湖争斗、尔虞我诈、道德沦丧……也一并如股股浊流,汇入茫茫都市的海洋里,难以清除,且将长期影响着都市世界的纯洁度与和谐秩序。

怀疑、焦虑、困惑、愤懑、窒息、压抑……种种不适感常常如丛林里疯长的野草一般,在心头杂乱无章地交缠一处,无以释怀!

后来有一天,因散心之故,拔足登上那座端然屹立于城后的山——其实,这应算作一次小小的逃离吧!

但,就是这次小小的逃离,竟让我有了一次大大的改变——它让我几乎改变了对整个城市的印象或者偏见!

当双足踏上高高的山顶后,在清爽的山风吹拂下,渐渐荡涤了郁积于心底的那些消极情绪。抬望天幕,旷阔无垠,心胸也霎时间变得坦荡起来。以俯瞰的心态,遥望山下。忽然发现,轻纱一般的薄雾轻罩下的偌大一座城,宛似落于凡间的一处仙境,缥缈、幽美,令人心驰神往。原先那些看得见或看不见的"丑陋"和"败笔",一一都不复存在;留下的,是都市恢宏之美!这种全新的感悟,若用林清玄《黄昏菩提》里同样是登高望城的一段文字加以阐述,则应更为贴切和深刻:"有一回我登上郊外的山,反观这黄昏的都城,发现它被四面的山手拉手环抱着,温柔的夕阳抚触着城市的每一个角落,天边朗朗升起万道金霞。这时,一棵棵树不见了,一个个人也不见了,只看到互相拥抱的楼宇、互相缠绵的道路。城市,在那一刻,成为坐着沉思的人,它的污染拥挤肮脏都不见了,只留下繁华落尽的一种清明壮大庄严之美。"

我慢慢往山下走的时候,心里涌起的是一阵一阵的欣喜、感动、认同、接受、亲切和幸福——我正回归这座与我朝夕与共经年的城市,携着我的身体,还有一颗心。

我重新回到城中。

我看到，宽阔的十字街口，英姿飒爽的交警同志，站在茫茫车流中指挥若定。密集的车流，依然如顺畅的河流一般流淌。我看到，洒水车鸣着悦耳的音乐，一路喷洒着清澈的水雾。我看到，环卫工人正认真仔细地，四下流动式清理着地上的垃圾……都市之美，在维护中得以彰显。

我手里捏着吃剩下的香蕉皮，一直走到前面立着的垃圾箱边，将它准确地投入其中。我上了公交车，见到一个年轻的女孩，正笑脸盈盈地主动为一位老人让座。我到了图书馆，那里的人都安安静静地在读书看报，听不到半点喧哗……都市之美，在自律中得以升华！

最是在灯光璀璨时。满城流光溢彩，美轮美奂，胜似天堂。而那时时驶过的巡逻警车闪烁的灯光，应是这万千灯火里最神圣也最绚丽的点缀吧……

与城市亲密相拥

雨·城·禅意

一座城市，都在唱着同一首歌——滴滴答答。这歌声，是动听的天籁，更是和谐的共鸣。都市里的那些江湖纷争，那些人际攻防，都仿佛在这同一首歌里，渐渐化为虚无……

一场久违的雨，终于从天空中落下来了。霎时间，满城陷落在一片雨雾迷茫里……

那群一直绕着建筑物盘旋飞舞的鸽子，收敛了羽翼，栖落在主人家楼顶的屋檐下，睁着一双双溜圆而乌亮的小眼睛，安静地看一场雨水，怎样演绎一场缠绵悱恻的爱情。无数汽车，鸣着汽笛，在迷蒙的雨雾里，前挨后靠地连在一起，如一条雨中长龙，缓缓向前移动。街上的行人，在伞与伞的衔接里，步履优雅地走着，不再行色匆匆。一场雨，让时间的脚步，慢了下来；让城市的节奏，慢了下来。

空气里，氤氲着雨与雾的和弦。那些原本因为各自矗立而咫尺成岸的高大建筑物，也在这多情的雨雾里，手拉起手，肩并着肩，再没有了曾经的冷漠与距离。一把伞下，两颗心，贴得更近了。原本僵硬而干瘪的柏油马路，也在雨水的浸润下，仿佛有了几分柔和与丰满。一座城，在雨里，洋溢着一片温情的魅力。

雨水的降临，给生活在水泥丛林间的花草树木，带来了福音。花圃中，花坛里，以及那些所有能接收到雨水的花儿，在雨水的灌溉里，半张了朱唇，显出几分放肆与几分迷乱的姿态，像极了那些尽情享受爱情滋润的都市丽人。那些长久辛苦地站立于街边的行道树，在雨水的灌溉下，痛快地淋浴着，酣畅地吮吸着。它们像极了那些外表刚强而内心脆弱的都市男人，长久压抑的情绪，终得一时的释放。而那些生长于水泥缝隙间的小草，亦是这场雨水的受惠者。它们像极了那些在都市夹缝里艰难生存的底层平民，几乎长期处于被忽略、被漠视的状态。它们像迎接一场爱与关怀一般，迎接这场甘霖的降临……

雨水，落在楼顶上，滴滴答答；落在窗棂上，滴滴答答；落在阳台上，滴滴答答；落在树叶上，滴滴答答；落在花瓣上，滴滴答答；落在伞顶上，滴滴答答；落在地面上，滴滴答答；落在人心里，亦滴滴答答……一座城市，都在唱着同一首歌——滴滴答答。这歌声，是动听的天籁，更是和谐的共鸣。都市里的那些江湖纷争，那些人际攻防，都仿佛在这同一首歌里，渐渐化为虚无……

清澈的雨水，像天使的手，温柔而又细腻地，浣洗着一座城市的每一寸肌肤。空气里，那些飘浮的尘粒，不复存在；取而代之的，是清新的雨雾，是一座都市馨香的呼吸。那些建筑物啊，行道树啊，广告牌啊，花啊，树啊，车身啊，马路啊……都被洗去了原有的肮脏，而变得焕然一新！唯愿这场雨，像一场圣洁的洗礼，也下到都市人的心里去吧，以洗去那些积淀在灵魂深处的污秽……

雨声滴答，声声入耳，亦入心。

这多情而智慧的雨声，慢慢地，慢慢地，叩开了一直封禁于重重水泥丛林里的心之门。

于是，在雨声滴答里——怀想此时的乡下。雨罩村庄，雨笼炊烟，雨落池塘，雨打篱笆，雨润青青菜园，雨洒翠翠竹林……

于是，在雨声滴答里——怀想杳远的幽谷。雨声滴答，在空寂里，发出梵音般的回响……

听着，想着，眼前的雨中之城，仿佛化作了一抹轻盈的雨雾，翩翩然绝尘而起，氤氲于缥缈而旷阔的宇宙间。而一颗听雨的心呢，则悠然升华成了这一抹轻盈雨雾里的微小一分子……

与城市亲密相拥

招牌诱惑

那些流光溢彩的招牌，仿佛织成一张苍茫的魅惑的网，让你无所遁身，让你眼花缭乱，让你醉在其中——像极了这斑斓五彩的都市生活……

只要你身处街市中，那无所不在的招牌，总会扑入你的视野，让你无法忽略它们的存在。

那繁星一般镶嵌于各处的招牌，无论其造型设计，还是色彩搭配，都可谓风格各异，千差万别。因而，这无数的招牌，是都市构成元素的逼真写照——繁复与丰富。

一块招牌，代表一家生意；一块招牌，就是一个都市传奇。

招牌，是最为鲜明、最为直观的视觉呈现；是呈现于世人眼里的无声召唤；似乎无时无刻不在召唤着街市上每一个过客，向它们靠近。

招牌，于是也就成了一种诱惑——尤其每当夜色降临后，那些装了灯饰的招牌，便闪烁出色调不一的光彩来。或明媚，如商场招牌；或温馨，如旅店招牌；或瑰丽，如娱乐城招牌；或暖融，如食府招牌……

你无论站在哪个位置，视野里，都是一片迷离扑朔。

那些流光溢彩的招牌，仿佛织成一张苍茫的魅惑的网，让你无所遁身，让你眼花缭乱，让你醉在其中——像极了这斑斓五彩的都市生活……

此时此刻，你需要的是一双保持了辨别力的眼睛和一颗保持清醒的心；然后，你才不至于在这一片苍茫的魅惑里，无所适从——而能从容走向那适合你登门造访的招牌所在之地，就像走向适合你自己的生活归宿！

音乐喷泉

喷泉,像极了都市外现的繁华;而音乐,更似都市蕴藏的神韵。可是,我们却常常只是盲目地陶醉于前者,而忽略了如何用心去体味后者,更不能将二者完美地结合起来,一并修饰和润泽我们的生命……

广场上,大功率音箱里,播放着震撼全场的音乐。

而更震撼全场的,则是广场中央那精彩绝伦的喷泉表演。那一池喷泉,在音乐的变化中,变化着形态。

时而舒缓如小桥流水,时而激越如大浪拍岸;时而铺呈如花瓣怒绽,时而收敛如含苞待放;时而妖媚多情如风摆杨柳,时而安静羞涩如处子临风;时而如巨幅瀑布陡升陡落,时而如万点烟花漫天飘洒;时而明媚悦目如丽日晴空,时而幽清怡人如烟雨迷蒙……可谓摇曳多姿,动感十足。兼之其颜色、明暗亦变化多端,更可谓如梦似幻,美不胜收!

广场上的市民们,都投入地欣赏着眼前的美景。或瞧得发呆,或叩掌称赞,或拍照珍藏,或与之合影……

只是,一般人都将关注,更多地给予了喷泉;却没有几人,能真正懂得那为喷泉伴舞的音乐!

喷泉,像极了都市外现的繁华;而音乐,更似都市蕴藏的神韵。可是,我们却常常只是盲目地陶醉于前者,而忽略了如何用心去体味后者,更不能将二者完美地结合起来,一并修饰和润泽我们的生命……所以,未免活得浮躁,活得肤浅,活得缺了几分应有的成熟与清醒。

与城市亲密相拥

最美的时光,最美的遇见

最好的选择是,走入灿灿阳光中,走近浩浩江水边,在飒爽江风吹拂里,隔着一条江,与对岸主城深情对望。

沐一身阳光,站在江南岸边,放眼望时,才忽然惊觉——世界,正将一幅最美的风景画,赫然呈现于面前!

隔着辽阔的江面,北岸,那一片积木一般,重重叠叠且井然有序地临江而立的楼群,原来就是与我们一直朝夕与共的主城呵!

此时此刻,阳光倾城。那一片楼群,满披灿灿光辉,疑似仙境落了凡尘……

或许是为大江的浩浩气势所掩盖,更或许是岸与岸的距离使然,听不见来自对岸主城里的半点声响——那曾身在其中时的满耳的嘈杂声,都去了哪儿?再也看不见那整日运转着的都市忙碌——那曾一直体验着的快节奏的生活图景,都去了哪儿?

但见得,主城宛若一位亭亭玉立于水之湄的女子——阳光,映亮她的明眸闪闪;江风,拂动她的裙袂翩翩;江水,照出她的风情旖旎。她就那么安静地站立着——恰似怀春,楚楚动人……

因为隔了一条江的距离,让我有幸目睹了生活多年的主城的另一种美——遁去了喧嚣与浮躁后的安静与清爽的美,且带了几分陌生与朦胧的美。距离可以产生美。就像与我们近在咫尺又朝夕相处的那个人,因为无所谓距离,天长日久,难免会两相厌倦。尝试着跳出彼此影子的缠绕,"隔江相望"时,一样能领略到距离产生的美吧。

当然，是先有江后有城。这条江，如母亲一般，用她甘甜的乳汁，不知哺育了城里多少代人的成长。江河川流不息，人的繁衍亦生生不息。我们于是更懂得感恩，懂得尊重与爱护这条江，如同对待我们的亲娘。在市政和环保部门的共同领导与协调下，大量的废水和秽物得到了有效的处理，不再像过去那样随意入江，污染水质。由此，才终有了一江碧水长流——润泽一座城，润泽两岸万物。

依然一泻千里、史诗一般向东流淌的江水，流淌中更多了几分平静，几分祥和，还有几分迷人的优雅。

而水之滨的这座城呢，也仿佛在江流的平静里，获得了平静；在江流的祥和里，获得了祥和；亦因濡染了江流的优雅，而变得优雅，有了出尘之美。

浮光跃金的江面，时有航船悠然往来。

灿灿阳光，自上而下，明媚了一方蓝天，明媚了一江碧水，也明媚了一座城。好一幅陶醉人心的画呵——生动，流畅，庄严，大气。而这幅画，正是"天人合一"的上佳之作！

徜徉于沿江而建的呈带状分布的南滨公园，或坐石椅小憩，或于亭中休闲，或看树木吐绿，或嗅花簇溢香……而最好的选择是，走入灿灿阳光中，走近浩浩江水边，在飒爽江风吹拂里，隔着一条江，与对岸主城深情对望。

有幸在最美的时光里，遇见了最美的你……

与城市亲密相拥

璀璨灯火照满城

我们也习惯了在灯火如昼的大街上徜徉，也习惯了在灯火斑斓里享受都市夜生活的乐趣，也习惯了在朗朗灯照里走回家的路……

好一派繁华而绚烂的城市灯火啊！

置身其间，视野里满是光亮，且异彩纷呈，各有千秋：有明艳的，也有浅淡的；有澄澈的，也有暧昧的；有迷彩的，也有素朴的；有幻变的，也有安静的；有热烈的，也有羞涩的；有清冽的，也有温暖的；有庄穆的，也有魅惑的……那条把这座城市划分为南北的江流的两岸，更有串缀一起的璀璨灯束，彩带一般，蔚为壮观；倒映在江面上，波光潋滟，宛若梦境。而那数不胜数的大小汽车，齐齐亮起各自的灯，如游龙似流星一般，穿梭在纵横交错的街道上，组成一道蔚为壮观的风景线，给这幅城市灯火的画图，锦上添花。

人在这一片灯火的盛会里，不觉已哑然失语，徒能惶惶然，亦飘飘然；眼迷离着，心晕眩着。前后左右，高低远近，除了灯火还是灯火；整个人，仿佛已沦陷在无边而又强大的诱惑的海洋里，无处逃遁，又不能自拔！倘若站到城市的高处，再看那满城的灯火，又是一种何等绮丽而又壮美的景象呵！但见沐浴在璀璨灯火下的城市，像极了一处人间的天堂，辉煌无比，华丽多彩。那璀璨得格外张扬的万千灯火，不仅将一座城市映照得如同白昼，也让夜空的星月黯然失色。璀璨的灯火，创造了一座城市没有黑夜的神话；璀璨的灯火，修饰出一座城市的另一张脸——有别于白昼，却更为雍容而华美。如果天上真有神仙居住，恐怕也会因为艳羡这如此美妙的灯火，而情不自禁要降临凡尘吧！

曾在飞机上观摩过城市的灯火全景。离地面稍高时，从机舱前俯望下去，一座城市，浑如一颗镶嵌在苍茫大地上的硕大的夜明珠，熠熠生辉，又迷离可爱。渐渐接近地面时，便逐次看清江岸上如带的灯束、楼房上参差的灯盏、马路上成林的路灯以及流动的车灯……一座城市，美若仙境……

在扑朔迷离的灯火里，忙碌了一天的都市人，或单人独影，或两两结伴，或三五成群地融入五光十色的"夜生活"。咖啡厅、棋牌室、KTV、舞场、健身房、美容会所、洗足城、大商场、酒楼、大排档……哪儿都有他们怡情欢娱的身影。白日里的紧张与疲惫，渐渐被一点点融化于眼前这热情似火而又柔情如水的灯火里。璀璨的灯火，演绎出都市生活的五彩缤纷；璀璨的灯火，呈现出人间天堂的美轮美奂。这璀璨无比的灯火呵，已然融入了都市人的血脉与呼吸，而与他们的生命连成一体。在璀璨灯火里，都市人体验着无与伦比的快意与充实，也品咂着最为充分的活着的滋味。就连那些游荡在街头的流浪汉，他们那原本晦暗的眼眸，也被这璀璨的灯火，映衬出几分明媚来；他们那原本邋遢的面容，也被这璀璨的灯火，修饰出几分美感来；他们那原本荒凉的内心，也被这璀璨的灯火，抚慰出几分暖意来。而那些穿街过巷一心往家赶的路人，也在这璀璨灯火的映照里，一路光明，平安而畅通……

前些年，还在乡下居住的我和家人，对城市满怀了憧憬；那充分体现着城市韵味的璀璨灯火，曾一度令我们流连、痴迷。记得每进一回城里，我们总要尽量至少住上一晚，以便能欣赏到满城灯火时的美丽夜景。在彼时的我们眼里，璀璨的灯火，是陌生而神秘的。我曾在心底暗暗折服于这城市灯火的奢华与极致；而儿子则总会不加掩饰地赞叹出声：好美的灯火啊！只可惜，再美的灯火，却不属于我们……

如今，我们已进了城，并有幸成为了城市居民中的一员。时光流逝，我们渐渐与这座城市，建立起了千丝万缕的联系；我们也渐渐融入了多姿多彩的城市生活。那璀璨的灯火，也终于在日复一日的视觉濡染里，褪去了它陌生的外壳，剥落了它神秘的面纱，变得熟悉而亲切！我们也习惯了在灯火如昼的大街上徜徉，也习惯了在灯火斑斓里享受都市夜生活的乐趣，也习惯了在朗朗灯照里走回家的路……

夜色悄然在城市上空，薄纱一般罩下来，又是华灯初上时。放眼望去，一座城市，在璀璨灯火里，如诗如画，如梦如幻……

每当此时此刻，我便会油然而生感慨：呵，这城市的灯火，年年岁岁，夜夜如斯，从不曾黯淡，也不会消失；它见证着一座城市的繁荣，也彰显着人间烟火的昌盛；它是人类文明的甘霖与日晖培育而出的姣姣花朵，将常开不败，灿烂无限！

我爱这璀璨的灯火，爱一座城，更爱我们这如灯火一般璀璨的生活！

盼望一场雪

一场雪的降临，妩媚了一座城市的容颜，亦激活了一座城市的神经。那灵动的雪舞，是都市人心情的放飞；那雪落的声音，是都市人心弦的奏鸣；而那皎洁的纯白，则是呈献给都市人精神世界里最美的色调。

雪花纷纷扬扬，一团团，一簇簇，像漫天盛开的繁花，把一座城温柔而又浓情地罩在其中。渐渐地，一排排行道树素裹银装，一幢幢建筑物成了玉砌冰雕。整座城，宛若一处晶莹剔透的童话世界……

这种美妙的雪景，已是许多年前的记忆了。那时候，这座中国西南的都市，每到冬天，便会下一场酣畅淋漓的大雪。然而，近些年来，下雪，却几乎成了一种奢侈。这里的冬天，基本很少下雪——尤其在如今这一代城里长大的孩子们的印象里，那真实而潇洒的雪花，不啻为一种稀罕物；他们特别憧憬着一场雪，憧憬着雪里那无限的快乐。

没有雪的冬天，一座城，是毫无生趣的。除了一片片肃然寂立的水泥丛林，一条条僵硬冷凝的柏油马路，一辆辆吐着白气机械地蠕动着的汽车，一个个穿着冬装匆匆擦肩而过的身影，和城边那一江慵懒流淌着的幽清的寒水，以及从城市缝隙里望上去的那一块块常显苍茫而阴晦的天空，再无别的更为生动的风景。

时令已入隆冬，一场盼望中的雪，却依然迟迟没能降临。一座城，就那么孤单地伫立在这个萧索的季节里，静默着，守望着，守望着一场瑰丽的约会。而在苦苦的守望里，整座城，熬成一张苍白、憔悴、没有血色的寂寞美人的脸。干冷干冷的风，四下里流窜着，冷箭一般，袭击着每一个人。人们将自己藏在厚厚的保暖服装里，或者整个儿龟缩在设有空调和置有取暖器的室内。人们的手脚都笨拙着，人们的意识都麻痹着，人们的神经都紧绷着，人们的心情都压抑着——人们似乎都在殷切地盼望着，盼望着一场雪的翩然而至……

  2008年，本城也下过一场雪。雪下得不算大，持续时间也不算长。但，久违了多年的雪，毕竟是重新光临了这座城市。雪花潇潇洒洒从天而降，像无数顽皮的小精灵，轻盈地落在建筑物上，落在行道树上，落在市民广场上，落在大街小巷上，落在浩浩江面上，也落在人们的欣喜里……雪花里的城市，变得美轮美奂，魅力非凡。全城仿佛沸腾起来了。人们纷纷走出户外，走向飘飞的雪花里。其中，最快乐的莫过于那些孩子们。在漫天飞雪中，他们欢呼着，雀跃着；也像极了一片片雪花，翩跹而舞。于是，每条街都跟着舞蹈，一江水也跟着舞蹈。一座城，就这样一起与雪共舞……

  一场雪的降临，妩媚了一座城市的容颜，亦激活了一座城市的神经。那灵动的雪舞，是都市人心情的放飞；那雪落的声音，是都市人心弦的奏鸣；而那皎洁的纯白，则是呈献给都市人精神世界里最美的色调。

  怀念昔年那一场雪，更盼望着又一场雪的再度降临！

漫步街市之一——城市印象

每每游逛之后，便会对城市，多一层熟悉，多一层感悟，多一层认同。于是，城市之印象，从视觉，听觉，和嗅觉，更增一分鲜明，一分深刻，和一分浓重！

闲暇时刻，常喜一个人独自走上大街，信步游逛。

最惹眼球的，自然是那鳞次栉比的高楼和大厦，一幢比一幢高大，一幢比一幢气派。都市的传奇故事，在这些高楼里层出不穷地上演着；现代的瑰丽神话，在这些大厦里蓬蓬勃勃地诞生着。高楼和大厦，成了城市的重要标志。换言之，没有它们，便没有一座城市的崛起——而随着城市化进程的不断发展，还会有更多更新的高楼和大厦，呈现于世人的面前。

街道的两边，是大大小小、林林总总的店铺和商场。店铺和商场的命运，与该座城市的命运，休戚与共。从某种意义上说，它们的兴衰荣枯，是该座城市经济发展的一面镜子——随着城市建设的不断深入，这些店铺和商场，会在刺激消费与提供服务方面，发挥更大更全面的作用！

当然，除了堂而皇之陈列在街道两边的店铺和商场，还有摆地摊的，挑着货担叫卖的，以及那些深"闺"幽巷中的买卖，使得城市的商业，呈现多元性、复杂性。从古至今，这是任何一座城市都无法改变的特征——随着城市生存竞争的日益激烈，还会有不少新型的商业形式应运而生！

街道上，川流不息的车流，构成了都市中一道独特的风景线。稍加区别，那些车便分出了层次：有公交车，有出租车，有摩托车，还有私家车。因着车子本身的等级之分,乘车人也便相应在无形之中,分出差异来;或许,这种差异,还会逐渐扩大——这是城市生活中,我们永远无法掩饰的一种现实!

而车道以外,几乎凡是能够活动的空间,都有人影在晃。尤其在闹市区,你无论往哪儿一站,你的前后左右,便是涌动着拥挤着的人潮。人口的相对集中,构成了城市的又一独有的特征——城市人口的急剧膨胀,是我们面对的又一问题。

在城市繁华的包装下面,常常也会睹见如许不和谐的画面,例如衣衫褴褛者,沿街乞讨者等。随着城市文明程度的不断提升和社会保障制度的不断完善,相信日后这类人会逐渐减少以至消失!

每每游逛之后,便会对城市,多一层熟悉,多一层感悟,多一层认同。于是,城市之印象,从视觉,听觉,和嗅觉,更增一分鲜明,一分深刻,和一分浓重!

漫步街市之二——如梦絮语

踏足在街上,回望身后,却不曾留下丝毫的印痕。都市的柏油路太硬,如何踩得出足迹?

1

都市的大街,是一张铺陈开来的鲜活的清明上河图。那炫目的色彩,那亮眼的繁华,那冗杂的喧嚣,还有那熙来攘往的拥挤与繁忙……无一不散发着浓郁的人间烟火味儿。

那些人啊车啊,还有店铺和高楼,都在街上,在天底下,在浩荡的尘埃里。

人在街上走,如同在尘世的天堂里遨游。亦醉亦醒,亦梦亦真。

2

一个人,融入人潮;像一尾鱼,汇入鱼群。

但,我还是我,你还是你,他还是他。汹涌的人潮,可以淹没一个人的视线、听觉和身影,却不能淹没他的呼吸、心跳与思想。

千张脸,千种表情与心情;万个人,万种个性与人生。

3

擦肩而过,未必都是前生五百次的回眸之缘。那么多的摩肩接踵,其实大都只是偶然中的邂逅。

相视无语,相遇漠然。纵然偶有怦然的心动,抑或一瞬的回眸,亦未必能在心底留下烙印。

原来，你，我，他，我们皆不过是在命运中交错。

4

踏足在街上，回望身后，却不曾留下丝毫的印痕。都市的柏油路太硬，如何踩得出足迹？

注定了的，无论你，无论我，无论他，都只是这繁华街道上的匆匆过客。转眼间，人已如云影掠过，或者如清风拂过。

而此刻的这段街道，亦不过是人生旅途中的匆匆一瞥！

5

都市的街道，充满无限风情。尘世的繁华，常常会攫住一颗心，甘愿为它流连痴迷，不知归途。

而每当来到那些错综复杂的十字路口，却又常常叫人难辨东西，无所适从。

在人生的一些诱惑与迷茫面前，一个人，常须保持一份淡然的情怀，和一颗清醒的心。

6

稍一驻足，已不知有多少人从身边走过，有多少车从眼前晃过。沉舟侧畔千帆过呵——谁若止步不前，谁就会被时光抛弃。

大街上，总有数不胜数的行人在奔忙，总有数不胜数的车辆在穿梭。时时刻刻，日日月月，年年岁岁，不曾停歇。

生活原本就是这样——忙碌，成了它唯一鲜明的主题。

7

走马观花，是逛街的一种特有风格。

不必为了什么而作刻意的停留,也不必为了什么而去辛苦地追寻;只在信步而行中,笑看一路霓虹闪烁,闲听一路车笛声声。

且让人生也如逛街,不怀目的,不为功利;阅尽沿途风景,真正潇洒走一回……

漫步街市之三——一路快意

但求像逛街一般，轻轻松松地做人，清清白白地处世，人生一样会收获一路的丰盈，一路的快意，一路的满足……

闲来无事时，我便会欣欣然上街去。不必有什么特别的目的，只管舞两袖清风、扬一路微尘；漫随熙来攘往，笑看如梦繁华。自在逍遥，惬意无比！

逛街时，眼耳鼻舌等身体感官，可以充分地享受着来自周围各种事物的刺激。那些刺激鲜明、美妙，让人有几分晕眩，有几分迷离，有几分陶醉……

花花绿绿的缤纷色彩，会奉上一份无与伦比的视觉大餐。高楼、大街、店铺、车流、人潮……更有美女靓妹如花一般点缀其间——共同组成一幅绮丽生动的都市风情画卷。我的一双眼睛，常常被熏陶得如坠瑶池……

汽车的鸣笛声，商贩的叫卖声，行人的喧嚷声，流浪歌手的演唱，店铺播放的音乐……可谓众声毕备，组合成一部浑然天成的交响乐，那么强烈地叩击着耳膜。喧嚣，是城市生活里一种特有的天籁，它彰显着一座城市经久不衰的繁荣与生机。我独爱这城市的喧嚣！

各种气息，会混合在一块，氤氲入鼻。街道的气息，楼房的气息，店铺的气息，汽车的气息；还有街头的羊肉串、烤红薯、蒸馒头、烤面包以及各类经典小吃，散发着阵阵撩人食欲的香气，会常常诱引我驻足品尝……

岁月如歌。逛街，已然成了我的一大癖好，让我乐在其中。而我与这座城市的关系，也便基本维持在"逛街式"的浅层次上，并无多少"深度"接触。正如我逛街，我只是用我的感官，去粗略地赏阅城市表面的浮华。我只将我生命的一半交付与这座城市，而另一半，则顽固地属于我自己。曾有人探讨式地忠告我说：不入虎穴焉得虎子；不近楼台焉得明月；人活着，就要活得精彩、活得深刻、活得够味儿。我唯有莞尔一笑。毕竟，我也是一介凡夫，也有七情六欲，也食人间烟火。

我也会应亲友之约，聚饮于茶室酒肆，只是我主张不必将宴饮搞得太铺张、太持久，尤其不必将夜宵延至夜半三更。我也会与一帮哥们儿，去洗脚城享受足底按摩的轻松；或去KTV歌厅体会开怀放歌的快意……

逛街，其实代表着一种做人处世的态度。人生犹如逛街。人生的街市里，会有一些曼妙的风物与魅惑。既生于凡尘，不可能做到超然于物外。所以，风物可以领略一二，魅惑也不必拒之于千里之外——但求把握一个"度"，凡事"适可而止"。不奢求所谓的"精彩"，不艳羡所谓的"深刻"，不执着于所谓的"够味儿"。但求像逛街一般，轻轻松松地做人，清清白白地处世，人生一样会收获一路的丰盈，一路的快意，一路的满足……

像逛街一样做人与处世，即是健康而快乐地活着！

这个世界，不冷也不暖

雨，一直在下。我撑着伞，与络绎不绝的行人一道，走在同一条长长的街道上，也走在属于自己的窄窄轨道上；风格各异，互为映衬……

雨中。长长的街道上。行人依然如织。

这场雨，是走在途中时从天而降的。幸得关注了天气预报，出门时随身带了一把雨伞。撑开伞，将纷纷雨水遮挡在自己的世界之外；伞下，保留了一颗悠然的心；兀自悠然地，轻踩着雨水溅湿的街道，漫步前行。

路上，不断有陌生的面孔，与我擦肩而过。有如我一般，独自撑着雨伞走着的；有两人同撑一把雨伞比肩而行的；有手举遮挡物护住头顶的；有用塑料袋笼住脑袋的；有光着头冒雨走着的……世界，总是这般千差万别。

但，几乎每一个行人，都步履从容，神情亦淡定。城里生活的人，就是这种风度吧——见惯了大世面，何惧区区小雨呢！

雨，不大也不小。人们漫不经心地，走着各自的路。有伞的，一般不会去介意无伞的；无伞的，同样亦不会去羡妒有伞的。只在迎面相逢时，或在擦肩而过里，彼此漫不经心地瞥上一眼。那是一种怎样的漫不经心呢——目光对碰间，一般不会有火花，但，亦不会有利剑；脸上的表情，一般都淡然（间或有浅笑），但，亦绝非漠然……漫不经心，或许是城里生活的人，在攘攘人潮里的又一种风度吧！

雨，一直在下。我撑着伞，与络绎不绝的行人一道，走在同一条长长的街道上，也走在属于自己的窄窄轨道上；风格各异，互为映衬……

雨，不大，也不小。而这个世界呢，不冷，也不暖……

第二辑
城市情怀

习惯了一个人,在城里游走;只想将那些熟悉的每一个角落,一遍遍烙印到内心深处,就像将一段爱情,演绎得缠绵悱恻……

与城市亲密相拥

爱一座城

　　习惯了一个人，在城里游走；只想将那些熟悉的每一个角落，一遍遍烙印到内心深处——就像将一段爱情，演绎得缠绵悱恻！

　　爱在日晖映照时，一个人走上熟悉的大街，看满目绚丽的繁华纷纷然入目来，看满街的汽车流动如一条闪光的河流，看街边行道树繁密的树叶缝隙间筛落下斑驳的日影……

　　也爱在细雨倾城里，撑一把小伞，慢慢穿行在雨巷深处。听女子的高跟鞋在地面上叩响富有节奏的音符，听淅沥的雨点溅落在巷中芭蕉叶上发出噼噼啪啪的声响，听自己心跳怎样和一座城的脉搏和谐共振……

　　雪小禅对她所深爱的苏州城，深情地唤之曰——我的苏州我的城。那么，我可以一样深情地对我所居住的这座城市，万州城，唤之曰——我的万州我的城。

　　万州城，一座安放于中国西南一隅的内陆沿江港口城市。这里山环水绕，风景秀丽；且四季分明，属亚热带季风湿润气候，春早，秋长，夏热，冬暖，极少雪冻等极端天气。上天还给了它最大的恩泽——这里几乎远离了地震、台风、特大洪旱，以及大规模疫情泛滥等灾害的袭击。万州城，就像一个备受上天宠护的孩子，在岁月静好中，幸福而平安地成长。

　　所以，万州，自然成了一处宜居之城。多少年来，一代又一代城中居民，过着恬淡安逸的日子。

　　曾经记忆中，本城的行政称谓，历经了"县—市—区"的变更。可无论如何更名，它始终是名闻遐迩的"万川毕汇，万商云集"之都，有着源远流长的历史风韵。万州，也是一座有着丰厚文化底蕴的城市。历代墨客骚人，在此留下了芳踪，其中，则以李白尤甚。城中的太白路、白岩路、诗仙路，太白酒厂，以及城边之上的巍巍太白岩，莫不寄托着一座城市对一代诗仙的悠久怀念。

万州城，是我自少年时起，便一直萦绕于心中的一个梦。后来，终于从乡下入城定居，万州城，便由梦境，翩然走入我的现实生活里；从此，与我呼吸与共，并日久情深，情深难舍。

作为一座中小城市，万州城的楼群不是太高大，街景不是太繁华，布局也不是太庞杂；人在此中生活，较容易产生认知感、熟悉度，因而也更会有身心的皈依感。

也去过一些远方大都市。那过于高大的建筑，望之森然而陌生；那过于繁华的街景，望之缥缈若浮梦；那过于廓大的布局，望之苍茫而无所适从。唯有回到万州城，才倍觉亲切、真实与踏实。

万州——我的城；我在灵魂深处将你一遍遍呼唤；此生今世，愿与你长相厮守……

习惯了一个人，在城里游走；只想将那些熟悉的每一个角落，一遍遍烙印到内心深处——就像将一段爱情，演绎得缠绵悱恻！

喜欢在早晨上街时，先寻一处生意不错口碑又好的街边面馆，悠然坐到桌旁，叫上一碗自己爱吃的万州面。万州面，不仅是本城人人喜爱的一道美食，更已成为一张播扬于四方的万州名片。每当在异乡街边看到"万州面"的招牌，心中总会涌起一种淡淡的乡愁。万州面的做法多样，配料讲究。按味道分，重口味的如，麻辣面、肥肠面、牛肉面、杂酱面、红烧黄豆面、炒野菇面等；清淡味的，如番茄鸡蛋面、三鲜面、鸡汤面、酸菜肉丝面等；可谓味道出众，秒杀各地多少面食。不少外地人也喜欢吃万州面。而许多万州市民的一天，常常便是以一碗面条开始的。面馆里食客众多，不断有人进出。常常是好几个服务员协同做面师傅，一块儿忙个不停。满屋里飘溢着面条的香气，

与城市亲密相拥

满耳里皆是众食客哂吧哂吧咀嚼面条的声音。稍稍等上一阵后,一碗热腾腾的香气扑鼻的面条,便搁在了面前的饭桌上。几分故作淡定而实则迫切地,用筷子夹起面条,含入口里那么一嚼,立觉满口盈香,那爽滑劲道的面条,给人妙不可言的享受——在咀嚼美味面条的时刻,仿佛咀嚼着一座城市的味道。

一碗面条下肚后,沿着本城人气最旺的太白路—白岩路一线走去。这里汇集了万州城高笋塘商圈中最经典的部分,商贸城、百盛、新世纪、沃尔玛、重庆百货等商业楼厦皆驻扎于此,也是人流最为繁密之地。在摩肩接踵的人流里,感受一座城市温暖的气息。

沿街走去,除了满目繁华外,有时还会看见一家或两家街边平民化的茶馆或者档次较高的茶楼。一般市民稍有空暇,便会泡在里面品茶饮、打麻将。茶馆、茶楼是万州人最热衷于光顾的休闲场所之一。万州的茶馆、茶楼,虽不能与成都媲美,但对于这样一座常住人口仅数十万的城区而言,那星罗棋布的茶馆茶楼,单从数量上讲,也算可观的了。单纯品茶,或许只是少数人的故弄风雅吧,打麻将才是最大众化的"正戏"——一杯热茶搁在麻将桌边,要么偶尔喝上一口,要么索性置之不理,那人的注意力啊,基本倾注在麻将上去啰。万州人对麻将的热情,有人这样调侃式夸张形容道,飞机过万州,就可以听得见万州城中打麻将的声响。我不爱玩麻将,可我爱茶馆茶楼里人们聚坐玩麻将的氛围——那种散发着浓郁民间烟火味儿的氛围。走过一处茶馆门前时,我听到了里面掷麻将的声响,嗅到了香烟的气味。

万州人会玩,懂得享受生活。除了打麻将,还有许多休闲方式。

上班一族们,他们可以用并不太多的收入,将自己拾掇得光鲜靓丽,也将自己的生活,装点得五彩斑斓。他们可以勤奋地工作,更善于创造属于自己的业余休闲空间:上网,约会,聚餐,逛商场,上影院,去歌舞厅……

老年人也许是最幸福的一族。退休后的他们，一切皆放下，颐养天年。或者在家带带小孙孙，童老同乐；挥墨泼丹青，修身养性。或者出去练练太极拳，跳跳健身舞；偕友人下下象棋，打打川牌。常常在休闲广场，会看见若干精神爽朗的老人，聚在一起拉二胡、吹口琴、唱昔年老歌……老人们那悠然的神情，那飘逸的姿态，羡煞多少来来往往的市民！

城区边上的两座山——太白岩和天生城，前者因留下了一代诗仙的遗踪，后者因存有一代蜀帝的印记，而成为万州人以及外来客的景仰之地。城里的人们，每逢闲暇时，总会邀朋引伴，成群结队地上山去，一来可以在登攀中锻炼筋骨；二来可以登临山顶，寻觅昔人遗迹，且一览全城之貌。如此得以放松身心，享受生命！

逛街稍累时，我会在城中的市民广场，寻一处石椅坐下小憩。那里只要不下雨，会见着许多的市民，或坐在一块儿闲聊，下棋，打扑克；或在上面游逛，闲步。常常还会见着一气质儒雅的老者，提一小水桶，拎一长毫，在地上挥洒出飘逸绝伦的书法。我不善书法，可我就爱看那一支长毫挥洒中透射出的万州人对艺术和生活的那份执着与达观。

从高笋塘广场南侧，往下走，会走入本城那条由一坡长长石梯贯通的老巷。石梯虽经过翻修，可这条巷子，却是老城在城市变迁里保留下来的屈指可数的较完好的记忆之一。石梯两边，依然是如旧时一般的门面；石梯边上，依然有令我流连一阵的二手书摊，和散发着张扬气味的臭豆腐的摊位……一步步下石梯的时候，心里涌起的是温馨无比的怀旧情绪。这里宛似一张凝固了时间的老照片，但比照片更立体、更生动、更具触及人心柔软的力量。

继续往下走，便到了视野更为开阔的北滨大道一带。宽阔的北滨大道上，无数车辆并排而行，往来穿梭，蔚为壮观。

"高峡出平湖"的伟大构想，在这里成为了动人的现实。放眼望去，浩浩长江如巨幅画卷，悠然呈现于视野里。"175"水位的历史性抵达,也将北滨大道以下的那部分老城,永远湮没;同时,将一座新城,稳稳地托起。为了进一步开发江南岸的新城区,万州正新建横跨两岸的第三座大桥,以完成一道"一江三桥"的大手笔,让江北主城带动一座城市的整体发展。隔江相望,江南岸那片新建成的楼群赫然可见,傲然矗立于蓝天白云组成的恢宏背景里。北滨大道旁,绵延排列着商业楼群。会玩会享受生活的万州市民,在建设城市的征途上,马不停蹄,奋斗不息,演绎着新时代下的"速度与激情"。万州,这座衔接了"万商云集"的历史遗韵与"高峡平湖"今朝风范的长江港口城市,像一颗明珠,正闪耀着熠熠光辉,令世界瞩目。

　　北滨大道边,矗立着一座年代有些久远的钟楼——西山钟楼。西山钟楼是中外结合的建筑,建造精美,雄伟壮观,与上海海关钟楼齐名,系长江沿岸一大景观,也是万州城的一座标志性建筑。钟楼高50.24米,共12层,楼顶双层盔顶,呈八角形,底层为厅,有螺旋形铁梯直上楼顶。自1930年建成以来,一直吸引着过往名人和八方来宾登楼一览江城风采。楼四层上四周装有巨型时钟,多年来,它一直坚持为全城报时,声音洪亮,响彻全城。西山钟楼经过多次修缮,已成为万州城里保存最好的历史遗迹之一。如今,它依然巍然屹立于西山公园旁侧,成为万州城里一道永不磨灭的历史符号——也会作为一道乡愁符号,永远镌刻于如我一般深爱着这座城市的无数市民心中。走过钟楼时,刚好听见了报时的钟声。那钟声,仿佛从往昔岁月里穿越而来——在我听来,入耳,亦入心;它激起我内心深处阵阵涟漪——对这座故乡之城的眷恋与感动!

　　有时,也会走进钟楼后边的西山公园内,除了在其中赏花草树木,得一时闲趣;还会去瞻仰抗日战争中驾机坠身于江里的苏联飞行员库里申科的墓地。肃立墓前,表达哀思,感恩这位伟大的外国友人用生命捍卫老城的平安。库里申科墓的存在,也让如我一般的万州人,对万州城的沧桑历史多了一份敬畏与缅怀;对这座城市,亦多了一份热爱与深情。由八一电影制片厂来到万州实地开镜拍摄的电影《相伴库里申科》，更将一座有着厚重历史的老城，真实地呈现于天下人的视野里……

沿着北滨大道漫步，一边看江上船来船往，看江中云影天光，心中荡漾着一种身为万州人的自豪的情怀。走过西山钟楼，到了本城近些年新辟出的最大市民广场——移民广场；它也是轰轰烈烈的三峡大移民的历史见证与纪念。这里是市民白天健身、看江上风景的场所，是晚上休闲、看华灯璀璨的滨江夜景的去处。放风筝的季节，可以观赏到各种造型奇特且体型巨大的风筝，慢悠悠放飞在广场上空的蓝天白云下的迷人景象；而在晴朗夜间，在璀璨的灯光映照里，我会随熙熙攘攘的市民一道，游逛其间，看场面壮观的广场舞表演，看中老年音乐爱好者自发演出的音乐会，看一盏盏孔明灯随风慢慢飘升入星光斑斓的夜空……这里，不啻一处人间乐园，一座都市里的后花园。

每到夜幕降临，满城灯火璀璨。而移民广场附近区域内，各种霓虹灯更是闪烁着梦幻的光彩。一处处茶馆里，打麻将的噼啪声不断。一家家歌舞厅里，释放热情的歌声不绝。这里，亦是本城著名的美食中心之一。夜宵的生意，更是火爆。万州经典美食串串的香气，火锅的香气，格格的香气，烤鱼的香气……从街边大排档和各家夜餐馆里飘溢而出，香了一座城。食客们吃得不亦乐乎。夜宵，是万州人的一大嗜好。在恣情欢娱里，人们体验着都市生活的无限妙处。请相信，在众多的食客里，常常也会有我的身影。吃着口里的美食，吃出生活的丰美，也吃出对一座城市的眷眷之情。而滨江大道上，车灯闪闪如星。两岸堤坝边上的彩色灯束，配以水面的月影与倒影，更是将一座城，渲染得恍如天堂。万州城的"维多利亚湾"即在这里——叫我如何不常沉醉其间呢……

"渔火照亮古镇千年华堂/诗仙太白绝句荡气回肠/山城人杰地灵翰墨飘香/啊爱在万州/美丽的地方……"一曲时时回荡在街头巷尾的《爱在万州》，常常将听者的心，撩拨得柔肠百转……

与城市亲密相拥

一个人的街市

因被爱人冷落之故,心甚漠漠时,独自上街去……

1 彼岸
街,悠长悠长,不知何处是尽头。
就这样,一个人,漫无目的地走着。
走了一程又一程,走向街市的纵深。
一步又一步,身不由己地向前迈,却不知究竟要去往何处。
就像一叶无心漂远的孤舟,或许注定没有可以抵达的彼岸……

2 萧索
街市,繁华如故,锦绣依旧。
披着现代文明的绚丽外衣,呈现满目迷人的风情。
清明上河图的现代版。
而此时,一颗漠漠的心呢?
却像极了一片萧索的枯叶,萧索于街市的繁华之外。

3 黯淡
霓虹闪烁。
缤纷色彩。色彩缤纷。
街市,是一卷尘世万花筒。
荟萃了万般色彩,绚烂无比,美不胜收。
心,是黯淡着的。无法被眼前的这一片明媚映亮。

4 寂然

车笛声喧。人声嘈杂。

街市,是一锅沸腾着的水,是一部纷繁错综的交响曲,是一段静不下来的红尘逐梦。

一双耳朵,浸泡在这一片乱纷纷的喧闹里。

而一颗心呢,却寂然。

恍若游离于渺远处……

5 天涯

行人熙攘。摩肩接踵。

在几乎前胸贴后背的拥挤里,一颗心,却无所依傍。

在最近的咫尺里,感受着最远的天涯。

人海茫茫里,漠漠地走着。

走出了,一个人的街市。

6 陌生

熟悉的高楼。熟悉的行道树。

熟悉的街市。

只是,一个人漠漠走着时,原本这一切的熟悉,都变得陌生。

陌生得,有了几分生冷、几分疏远、几分莫名的敌意。

一个人,在熟悉的风景里,却嗅闻着陌生的气息。

7 迷茫

一个人,走在街市里,走得漫不经心。

没有目的,没有使命,也没有清明的思路。

一处又一处的十字街口,一次又一次地踟蹰着。

心中满是迷茫。

因着乱了章法的游走,那些曾经了然于心的街道,仿若蛛网交织,繁复无序,叫人无所适从。

8 麻木

街边食摊上,烤饼的浓香,不能轻易招引迟钝了的嗅觉。

街市的花花绿绿,不能轻易俘获晦暗了的双眸。

纵是那惊鸿一瞥的擦肩而过,也不能轻易打动一颗倦怠了的心。

在呼啸的车流中穿行,竟能淡然自若,完全没有了从前横过马路时的惊惶不安。

心,一旦麻木,便不再为外物所动。

9 孤独

漠漠地,在街市里流浪。

一路漠漠。渐渐记不得到了何处,身在何方。

身似一株浮萍,在茫茫街市里,孤独地浮弋。

夕阳西下,断肠人在天涯……

心中忽地,便升腾起这么一串文字。

10 温暖

走过街角时,一丝风,悄然袭来。

很轻,却阴阴地,有些凉,凉透背心。

终于忍不住,止住脚步,不再前行;忍不住,看身边的行人,相依相携;忍不住,望一群鸽子从远天飞回,栖落在一栋楼顶之上。

贴身的衣袋里,传来一瞬惊心的震颤。

蓦然低首,读到一条极温暖的短信。

回家……

旧·暖

旧的东西，总带着暖心的温香。

1

卧室书橱里，搁着一叠小人书。

书页已发黄，且略有破损。却一直不忍将它们抛掉。常常会信手翻上一翻。那黑白相衬的文字与配图，携着挥之不去的儿时的气息，扑鼻而来；总会让一颗历经半世沧桑的心，备感慰藉与温暖。

旧的东西，总带着暖心的温香。

2

匆促青春，已随流光渐行渐远。那曾经的绚烂花开，那曾经的热血逐梦，只在午夜梦回时，依稀再现。

那本凝固了一部青春记忆的大学毕业纪念册，被作为唯一的珍藏，珍藏在抽屉里，珍藏在心灵的一隅。

当怀念的情愫，在胸中涨潮一般涌动，将它轻轻取出；打开，重睹那依然鲜活如初的留言与留影，宛如品咂陈年的美酒，也似重温逝去的青春……

3

一部手机，贴身相随经年，未曾换掉；连初时的号码，也保持至今。

机身渐被磨损，机型和功能，亦与当下流行手机相去甚远。本应顺乎潮流，将它推置于二手回收市场；然后，顺理成章地，购一件新品——却迟迟不愿如此为之。

只因，这部手机相随日久，已然成了一位舍不得的老伙伴。无数次地握在手里，握惯了，如握温玉在手。

4

瑟瑟寒风时，街头一隅，几个老头，生一堆燃烧的柴块，围坐闲侃。

油然想起旧年的乡下老家，也是寒冬时节。一家子在一只火盆旁围着。眼瞅着红红的炭块，拉着琐屑的家常，或者陷入美好的遐想。

而今，天冷季，可以用电烤器驱寒，亦可以置身于空调房里享受。只是，却再也无法与彼时的炭火媲美。

5

虽身居城里，还常常回乡下老家。

喜欢和父母聚聚，陪他们过一段温馨的时光。喜欢在老屋里住住，抚摸每一件有着温度的物品。喜欢看袅袅炊烟里，那缠绵不断的家的影子。

只想，趁着年迈的父母尚在，趁着熟悉的老屋尚存，趁着古老的炊烟还在故乡的怀抱里舞蹈，体味老家的淳厚和温情。

6

总爱去光顾一处街边的餐馆。

初去时，一切都还陌生。陌生的招牌，陌生的人面，陌生的桌凳，陌生的饭菜的味道。去的次数多了，一切都变得熟悉。因为熟悉，所以常去。

因为常去，那里便成了旧地。于是在生命里平添了一份亲切与美好。

7

《人生第五喜——久别重逢日》——曾在《新华副刊网》和北方一家省级报纸,发了该文。

气味相投的故友,当年两别后,数载音信杳。苦于天地之大,恐此生不得再见。

终于,一朝喜重逢。于城中酒楼,欣欣然赴会。促膝相坐间,把酒叙别情。看久违的面容,听久违的话音。如花笑靥,在彼此的脸上绽放。

8

缘起于前世的五百次回眸,于今生万丈红尘中,在都市茫茫人海里,与伊人邂逅,再与伊人牵手。

十多个春秋,风雨同舟,一路走来。相处于朝夕,相聚于咫尺,心心相印,相濡以沫。伊人成爱人,亦成知己。

嗅着彼此的气息,触着彼此的肌肤,听着彼此的心跳……日久天长,已难分彼此。也在温柔的互望里,看着对方,慢慢地变老。

9

逛街疲累后,回到家中。

打开网络,进入另一个世界。

忽然间,电停,网络信号亦中断。

枯坐屋内,百无聊赖时,乃捧起案头一本《宋词》。书香氤氲里,所有杂念淡去,心中浮躁沉淀,而渐入幽远之境。现实里的那些喧嚣与纷扰,慢慢遁于无形。精神的桃花源,悠然呈现开来。

在古人优雅的情怀里,体验熨帖心灵的恬美。

包子香里的城市味道

嗅着包子的香气,品着包子的美味,我与这座城市呼吸与共,不离不弃;彼此认同,长相厮守。

蒸笼打开的一刹那,腾腾的热气里,逸散开来的是包子的香气。那香气近乎邪恶地直扑口鼻而来,一直侵入我的呼吸,进入我的肺腑,勾起阵阵强烈的食欲。

付上零钞,然后,将香气盈鼻且饱满松软的包子拿在手中;贪婪地张开嘴,狠狠咬上那么一口!立时,微微的烫热里,饱满松软的包子皮一下绽开来,带了几分爽滑几分香味的馅料,便俏皮地窜入口里——真个是满口盈香啊!微闭了眼睛,细细地咀嚼,品味,觉着眼前的时光也美极……

这般情景,经常在街前的包子铺前呈现。对包子的偏爱,寄托着我与这座我所生活的城市的一世情缘——一往情深,难解难分。

这是一座三峡平湖之滨的西南之城。包子虽不是本城市民的主食,却因其鲜香可口、食用方便的两大优点,而成为大众化的早餐或点心之一;并在本城众多美食中独具魅力,甚至成了一种都市时尚。

由于包子颇受欢迎,城里的包子铺数不胜数,星罗棋布。几乎在每一条街道,或者一些巷中,都有那么一家、两家或更多的包子铺驻扎其中。倘若让所有的蒸笼一起打开,那热腾腾的包子香气,恐怕会香醉一座城。而一代又一代的城市居民,便是嗅着包子的香气品着包子的美味,慢慢成长至老去的。

我曾发誓,要行遍全城,尝尽包子的味道。老熟人般的包子铺,常去；新开张的包子铺，也去。近处的包子铺，常去；远些的包子铺，也去。包子的大小有别，或碗口大小，或拳头大小，或袖珍如小笼包；而味道亦不同，有甜味儿的，如芝麻馅料包、红糖包、花生馅料包等；有咸香味儿的，如蔬菜包、鲜肉包等；也有香辣味儿的，如酱肉包、牛肉包等。而每家铺子的做法风格，也不尽相同，味道亦略有差异。但在我一一尝来，自有一种统一的味道——万州的味道。

我常常像一个旅人，在包子飘香的城中穿行。我的步履永远踏实从容，我的内心永远溢满温馨。每一条包子飘香的街道，或者巷口，都有我最熟悉的气息——故乡的气息。有时，去到遥远的城市，也会嗅到包子的香气，只是它的气息有别——那是异乡的气息。

嗅着包子的香气，品着包子的美味，我与这座城市呼吸与共，不离不弃；彼此认同，长相厮守。

又一次走上街头。鳞次栉比的高楼，川流不息的车流，还有熙来攘往的人流，满眼的绚丽，一起写尽都市的繁华。在人流里，我看到那些一边走路一边吃着包子的上班族，他们的脸上写满忙碌，更写满对生活的满足。我也看见一些手里拎着包子的家庭主妇，她们是带回家，与家人一起共同品尝包子的味道——品尝幸福的味道。

包子的香气，一阵阵扑鼻而来。在本城最热闹的街头，几家包子铺前，都站满了买包子的市民。人虽多，却不挤攘，亦不吵闹，只是面色平和地静候着。铺子里的伙计和老板，脸上都漾着笑意，热情而麻利地，为每一位顾客盛装着包子。

我也凑上前去。稍等片刻，一袋热腾腾的包子，便从笑脸盈盈的老板那里接在手中。包子入口，包子里，有着一座城市的温度；咬开来，慢慢咀嚼，咀嚼出一座城市的味道——和谐、美好、韵味悠长。日日月月，年年岁岁，在对包子的百吃不厌里，是人与一座城市的无尽缠绵……

与城市亲密相拥

都市里柔美的一角

在被坚硬充塞了的都市，有了这样柔美的一角，不啻平添了闪耀着人性关怀的一笔！

本城市中心广场的地下空间，开辟了专为都市女性服务的集休闲与消费于一体的商城——女人广场。

"女人"二字，直指人心的柔软；而"广场"，除了言其空间之大，亦传达出更为丰富的内涵。

顺着一坡石梯，往下边走去，渐渐遁离了上边的熙攘与喧嚣，仿佛正走向一处幽宁之所。

下到里边，一股温馨的气息扑鼻而来。

首先，这里是相对封闭的地下空间，与外面相比，有着冬暖夏凉的独特优势。所以，无论哪个季节，这里的气温，都基本温和适宜，一如女人的温柔可人。

更主要的是，这里以"女人"为主打元素，因而，这里的每一个细节，都无不彰显出女人的一些特质：柔情，妩媚，细腻，婉约……

因处于地下，这里昼夜都有灯光。那灯光，柔和中不失几分明媚，明媚中又有着几分暧昧，像女人的秋波——魅惑，又暖心。

在秋波一般的灯光辉映下，呈现于眼里的，是悠长悠长又空空阔阔的走道，一如女人的情怀——几分神秘，几分包容。

在女人的情怀里游走，左顾右盼间，两边的门店，从招牌到内容，以及风格设计，都只与"女人"有关。

有卖睡衣的,有卖挎包的,有卖皮带的,有卖裤子的;也有出租礼服的,做面膜的,养颜美体的……那些名字看上去,真个眼花缭乱。

在被坚硬充塞了的都市,有了这样柔美的一角,不啻平添了闪耀着人性关怀的一笔!

如今的都市女性,靠着她们的"巾帼不让须眉"的志气与豪情,在都市生活的各个舞台上,越来越展现出其不可小觑的魅力;而常常赢得了"女强人"的称谓。但,她们也因而活得有几分苦,几分累,甚或有时会忽略了对自己身为女人的呵护。

而在如此体现了对女人的尊重与怜爱的地方,一定可以唤醒都市女性们身为女人的自豪与自我顾惜的意识吧。当她们从"硝烟弥漫"的职场里走出来,从家务繁重的居室里走出来,来到这里——或精心地挑选几件自己最喜爱的衣物,或惬意地躺在松软的床垫上做做面膜做做美体养颜,或和一二闺密坐在一块儿唠唠知心话儿,或就在悠长而空阔的走道里优哉游哉地转上一阵子,过一段优雅慢时光……该会怎样地享受生活的美好呵!

与城市亲密相拥

夜宵

忙碌紧张了一天的人们，在夜宵的海吃海喝中，用食物填塞着肚皮，也把白日里的那些琐屑与繁杂从大脑里排挤掉；用酒精麻痹着神经，也把白日里那些负荷从心灵中卸去……

夜宵（又称宵夜、消夜），"是指在晚上时吃的餐，为晚餐之后的餐，时间特指休息时间（通常为九点至十一点后至凌晨四点前，因凌晨四点开始是广东早茶时间）。城市当中，夜宵跟正餐的选择几乎没有分别，而吃夜宵的习惯，大概因为工作或娱乐时间延长所致"。

曾经，心中略有疑惑：城里人一日三餐还吃不饱啊，还吃夜宵，恐怕他们的胃超大啊？

夜宵，从对其字面意思的理解，过渡到对其真实内涵的体会，应始于若干年前举家由乡下迁入城里定居之后。

当年，还在乡下生活时，每当夜色降临，便常常像鸟儿归巢一般，按时关了家门，便基本不再外出；只是用心吃过一日里的最后一餐，晚饭——便够那胃专心消化的了。

进城后，渐渐适应了都市生活，也渐渐领略了都市生活的斑斓五彩。而夜宵，则是斑斓都市中最具代表的一朵奇葩。

第一次吃夜宵，是在一个薄凉的秋夜。吃过晚饭，正与家人坐客厅沙发上看电视。一旁的手机来电铃声响起。是好久不见的昔日中学同窗打来的——催我立马赶去某街边大排档，和他们一起吃烤鱼。彼时，已过夜里九点。

跟家人打过招呼，然后风风火火出门去。打的直奔聚会地点。

一路上，满城灯火璀璨中，各处的夜宵生意正如火如荼。或吃烧烤，喝炖汤，或吃串串，喝夜啤，或吃格格，喝烧酒……从装潢精致的酒楼店面，到俗素大方的露天排档，无数食客兴致勃勃地围坐在一块儿，尽情享用着味蕾之欢。空气中泛滥着各种食物的香气，还有那声势浩大的咀嚼与吞咽的声响——一道将白昼喧嚣退去后的都市夜，烘托得分外迷离醉人。一场视觉与嗅觉的盛宴，正蓬蓬勃勃呈现开来。

原本已在晚餐中填入了食物的肚子，此时此刻，竟有了一种强烈的重新进食的欲望。

到了约见地点，故人相见，亲热劲儿自是不必言说。落座，端酒杯，握筷子——在炫亮的灯光照耀里，在浓郁的烤鱼香气里，我们放开了喉咙，敞开了肚皮，也敞开了心情，一阵狂吃猛喝。吃得上瘾，喝得痛快。直至零点，才兴尽归去。

第一次吃夜宵，新鲜，刺激，且意犹未尽。

那以后，便与夜宵结缘。除了应人之邀，也常带上家人，在满城灯火璀璨里，在满城香气氤氲里，加入那一场规模宏大的视觉与嗅觉的盛宴。

于是，才渐渐懂得了，夜宵之于都市生活的意义——可以说，缺了夜宵，都市生活就不纯粹，不完美，就少了一道绚丽的色彩和一份都市的情调。忙碌紧张了一天的人们，在夜宵的海吃海喝中，用食物填塞着肚皮，也把白日里的那些琐屑与繁杂从大脑里排挤掉；用酒精麻痹着神经，也把白日里那些负荷从心灵中卸去……

夜宵，是繁复情绪的释放，是旺盛精力的张扬，亦是无数都市人与绚烂都市夜的激情共舞！

慢慢地，融入了都市生活。慢慢地，习惯了上下班高峰期挤公交，习惯了激烈的生存竞争，也学会了享受都市生活的风情万种……

时光漫流。夜宵，也便成了一种生活的常态。物极必反。夜宵的次数多了，有时也会有稍稍的厌腻，或者小小的逃避。只是，很多时候却是身不由己，且无法逃避得开的。

又是一个冬夜。又值灯火璀璨、满城飘香时。先是和一群同事，穿着厚厚的保暖衣，坐在街头吃羊肉格格喝烧酒。吃喝至夜半，身上每一个毛孔慢慢渗出了汗液。再和几个哥们儿，转战到一处大排档吃串串喝夜啤。最后剩下一知己，在半醉半饱中，被他有力的胳膊一路拽到烤鱼店继续折腾……几乎一整夜耗下来，也不知吞下了多少食物，灌下了多少酒水，却依然觉着，仍未完全填满那只已被撑得硕大无比的胃！

只是，胃的容量一旦无限增大，人的欲望也便相应可怕地膨胀。原先那承袭于祖辈的虽保守却较淳朴的乡村意识，正蜕变为虽开放却更世俗的都市情怀——不知这是祸还是福。而且，随着时间推移，频繁的夜宵，虽可享尽美食美酒无数，却也渐渐埋下了一些健康隐患——亦不知这是得还是失！

打望季

街上美女,犹似芬芳吐艳在开放空间里的花儿朵朵,妩媚了一座城市,也妩媚了一个季节;创造了无以言喻的视觉美感,并让"打望"成为一件天经地义的人间乐事!

夏天来啦,上街打望去——

也不知是从哪个方向飘来这么一句旗帜鲜明的口号,抑或纯粹是一种内心的冲动式呐喊,反正它扣应了这个季节下街市里最经典的一个主题。

正是打望好时节!

褪去了冬日里的"严妆厚裹",也不再是春天里的"欲脱还羞",都市美女们,真正体现了"与时俱进"——与时节同步,不约而同地改换"清凉"夏妆,在街上千姿百态地走过,引爆多少"打望一族"的似火热情。

打望所在,最是在人气旺盛的步行街、购物中心、或者其它时尚一族扎堆的街区。那些地方,往往美女如云。你任意选个角度打望,便可保准让你看个目不暇接,只觉眼前一片"美不胜收"。美女们基本清一色着清凉装,或如弱柳扶风婀娜多姿,或如荷花绽放妩媚生香,或如桃之夭夭妖娆无比,或如蝴蝶翩跹娇俏可人;或光臂,或曝腿,或露脐,或袒背……可谓"春光盈盈","秀色可餐"。

打望美女,毫不讳言地说,是每一个雄性荷尔蒙分泌正常的男人"好色"心理使然。昔有圣人勘言:"食色,性也。"意即"好色"乃与"饮食"同属人之自然生物本性,实无可厚非。只是,亦有古训雅示:"君子好色,取之有道。"若"无道",则不免会沦为"下流"、"卑鄙"一档了!

具体到"打望"上,其本应归于"有道"之列;不过,还须注意以下两点:

其一,距离要适当。不宜太远——尤其之于近视男,太远,不能尽览热季里美女的动人细节,打望效果会大打折扣。也不宜太近——比如咫尺之间,兴许会在四目相撞间,自陷尴尬。若实在要近身打望,用眼睛余光即可,以不引起对方不适为宜。

其二,有心似无意。说开来,就是虽有打望之心,表面却不露声色,不着痕迹——只用目光浮光掠影式,轻轻掠过美女。切忌"盯着看",否则极易引起美女反感,甚至招致麻烦——轻则讽你为"花痴",重则斥你为"色狼"。

街上美女,引领的是都市时尚,彰显的是都市魅力。在这热情似火的夏季,那着清凉装在街上闪亮登场的美女们,无可争辩地成为最活色生香的流动风景;同时,理所当然地成为"打望一族"贪婪的目光所追逐的目标!

街上美女,犹似芬芳吐艳在开放空间里的花儿朵朵,妩媚了一座城市,也妩媚了一个季节;创造了无以言喻的视觉美感,并让"打望"成为一件天经地义的人间乐事!

夏天来啦,上街打望去——去领略都市的风情,去赏阅季节的亮点,去享受活着的美妙!

暑气渐升时,逛街至街心公园,寻一树荫坐下歇脚。

眯了半倦怠的双眼,仰脖畅饮瓶中甘醇的"农夫山泉"。蓦然,一团雪白的带着茉莉花香水味儿的身影,从身边飘忽而过,眼前不觉豁然敞亮,精神也为之一振——但见着一袭素色长裙的女子,翩翩然若白衣天使般,袅袅娜娜地走过。一阵风儿拂过,那一头青丝,在朗朗日光下,瀑布一般舒展;淡淡的茉莉花香气,也氤氲入鼻。霎时间,一股怡人的清凉,涌遍我的全身!

正犹自想象着那白衣女子的"千娇百媚的回眸一笑",一串细碎而铿锵的足音响起——是高跟鞋叩击地面踩出的声响，听来富有节奏，韵律一般的美。惶惶然扭头望去——一位身材高挑的时髦女郎，戴墨镜，撑太阳伞，挎精致小包；上着露脐短衫，下穿超短裤；兀自昂了头，挺了傲人胸脯，旁若无人地，由远而近，一步三摇地走来。近了，近了，那逼人的气质，那熏人欲醉的体香，令我不敢与之正视！赶紧回过头，低了眉，只在眼睛的余光里，瞥见伊人海浪一般荡漾而过。

少顷，抬首再望伊人背影——那玉藕似的臂膀，那白皙丰腴的大腿，在太阳伞下依然闪着令人心旌摇荡的光泽；更有那翘臀的幅度较大的左右夸张摆动，让我相信，我应该见证了火辣辣夏季里火辣辣的表达……

刹那之缘

只要不辜负，只要多珍惜——这份前世约定的刹那之缘，便可以于今生，在寥廓尘世间，绽放花开一般的芬芳；且氤氲不绝，恒久地慰藉着我们浮萍般孤独的生命……

茫茫都市。人若浮萍。多少陌生面孔，无时无地不在上演着，一次次刹那间的邂逅。

人潮熙攘间。那匆匆的擦肩而过，是刹那间的邂逅。

公交站牌边。那不经意间的目光碰撞，是刹那间的邂逅。

街头餐馆里。那纯属巧合的相邻而坐，是刹那间的邂逅。

新华书店中。那书架边的比肩而站，是刹那间的邂逅。

封闭电梯内。那不过数秒的呼吸与共，是刹那间的邂逅。

小巷幽深处。那不期而遇的相向而行，是刹那间的邂逅。

而每一次刹那间的邂逅，或许皆因了一个"缘"字。

因为有缘，我们每一个人，才能在万丈红尘里，穿越茫茫都市，得以刹那间的邂逅。这份缘，是前世与今生的一个遥远的约定。或许相隔了五百年、一千年、一万年……今生只为赴约而来——却仅仅只是一次刹那间的邂逅！

缘，何其珍贵；而刹那，亦何其短暂。因为珍贵，我们不忍辜负；因为短暂，我们何不珍惜？

那么，邂逅时，请给对方一个阳光一般真实而自然的微笑吧。微笑，是尘世间最温情的阳光，它可以融化人心间最坚硬的冰层。

那么，邂逅时，请不要吝惜你的热情吧。遇人问路，耐心指引。逢人摔倒，出手相扶。赠人玫瑰，手有余香。

至少，不要以消极的情绪，去传染人；更不要以有悖于和谐的言行，去烦扰他人。

只要不辜负，只要多珍惜——这份前世约定的刹那之缘，便可以于今生，在寥廓尘世间，绽放花开一般的芬芳；且氤氲不绝，恒久地慰藉着我们浮萍般孤独的生命……

那些萍水相逢里的陌生

我瞥瞥身边那些与我擦肩而过的萍水相逢者。我忽然觉着,其实,我们彼此并不陌生——因为,我们总会在这苍茫都市的任意一个地方,任意一个时刻,不期而遇……

那天,在拥挤的快餐厅食柜前,点好了饭菜,到收银台付账。翻遍钱包,竟差了五毛钱。即将陷入尴尬之际,身边一位和颜悦色的女士,轻轻而又及时地,将一张五毛钱零钞,放到了我的手上:"给,表弟。"语气里满是真诚。我顺利付了账。那顿饭,我吃得很香。

乘公交。车上人多,或站或坐。我上车早,得以落座。身旁是位年约十七八岁的少女,生得眉清目秀,尤其是眼神干净而清澈。车到站口,我起身离座下了车。脚刚一站到地上,车门快关上一刹那:"嗨,这位大哥,你的钱包——"少女将一张好看的脸蛋探出车门,手里扬着那只我熟悉的黑皮夹,笑盈盈地向我急呼。至今,我仍忘不了那张笑容灿烂且清纯如水的青春面庞。

有一段时日,家庭的烦恼,让我备感纠结。我联系了久违的高中同窗×君,与我相约在本城商业大厦,边闲逛边谈心。×君耐心而温情地,为我做着春风化雨般的开导。心事太重的我,好一阵子却依然唏嘘不断。后来,一位一直在我们一旁静静坐着的年轻女子,慢慢起身踱步到我跟前,递给我一个纸团:"送你的。"而后,她嫣然一笑,转身悠然离去。我低头展开纸团,上面四个娟秀的文字,犹如一缕光亮,照进我的心房:"知足常乐。"我抬头望去,女子离去的背影好美……

某夜。在满街霓虹里，我正独自穿过大街，往住所走去。行至一个较僻静的街角树下，我看见一个五六岁光景的男孩，正一个人抹着鼻子啜泣。我心下一动，赶紧上前去轻问缘故。原来，男孩跟母亲上街看电影后，出电影院时人多，不小心走丢了，在迷离的灯火里，找不到回家的路。我毫不犹豫地，牵起男孩的小手，带着他，根据他口里对他家所处位置的大概描述，一边探问过往行人，一边往前穿街过巷。终于，我将男孩安全送达他家所在的居民楼下。恰遇着男孩的母亲从外面一脸惶急地回来，见着儿子，母亲惊喜之际，对我连声说着道谢的话，还邀请我上楼去她家坐坐。我微微一笑，摆摆手，转身离去。

在回去的路上，我的心一直被某种温暖的又似曾相识的情愫包绕着。我瞥瞥身边那些与我擦肩而过的萍水相逢者。我忽然觉着，其实，我们彼此并不陌生——因为，我们总会在这苍茫都市的任意一个地方，任意一个时刻，不期而遇……

与城市亲密相拥

寻找都市的温情

小伙的遭遇,牵动了一座城市的神经。无数颗爱心,共同织就一张温情的网,将一座城市冰冷的外壳,暖暖地覆盖……

走在大街上。一幢幢高大的建筑物,沉着脸耸立着;一片片窗玻璃上,反射着白森森的光。一辆辆汽车,铁壳虫似的兀自蠕动着,不时发出刺耳的鸣叫声。脚下的柏油路,踩上去僵硬无比。一张张陌生的面孔,从身边匆匆擦肩而过……

一座都市,就这样,披着冰冷的外壳,伫立于滚滚红尘里!

都市里——没有温情?

去商场购物。入口处,服务员面含微笑,轻轻颔首,一声问候:"欢迎光临——"那微笑,因为含了几分亲和,宛若阳光照面;那话音,因为带了几分真诚,让人如沐春风。这般的优雅服务,在城内不少商场、酒楼、宾馆等处,都能遇见。

公交车上。车上乘客爆满,还站着不少。到一站口,车门开处,挤上来一位满身泥灰、头戴安全帽的民工表弟。身处众多衣着光鲜的都市族之中,民工表弟有些局促,不知站哪儿好;眼神里闪烁着卑缩与不适。"表弟,坐这儿——"紧邻他身旁的那位中年女士,起身让座。民工表弟连声道谢;眼神里,换上的是被尊重被善待后的欣悦与释然。

在街头面馆。各类美味的面条,众食客正吃得津津有味。一个十四五岁的少年,头发蓬乱,游魂一般在面馆门前晃悠;那双失神的眼睛,不时贪婪地望望食客碗里香气扑鼻的面条,口里流着涎水,似是饥肠辘辘的样子。胖胖的老板娘也不嫌厌,而是笑盈盈地将少年引进屋内,给他端了一碗热气腾腾的杂酱面。少年一阵狼吞虎咽。老板娘和蔼地跟他拉着闲话。原来,少年是从乡下学校逃学进城的。吃完面条,少年差点扑通跪下:"阿姨,让我在您店里打工吧?"老板娘摆摆手,给少年衣兜里揣了一张二十元钞票,然后母亲一般摸摸他的脑袋:"小小年纪,回去继续念书吧。"少年一下子泪流……

人行道一隅。一位脸上带着明显烧伤疤痕的流浪歌手,坐在小凳上,向着来来往往的行人,一首一首挚情地歌唱着。那歌声,苍凉,幽婉,像是被血染过,又像是被泪浸过,揪动着多少颗善良的心。不时有行人停下脚步,伸手往他面前的那只敞口木盒里,丢下一张张面额不等的钞票。一位年轻的母亲,手牵着三四岁光景的孩子,径直赶过来。母亲将一张钞票,塞到孩子小手里,然后蹲下身,挥手示意孩子将钞票拿过去,送给那位唱歌的叔叔。幼小的孩子犹疑着,望望流浪歌手,又望望母亲,不知所措。母亲便重新站起身,牵着孩子走上前,握住孩子那只塞着钞票的小手,一起将钞票放入木盒里。流浪歌手真诚地说着谢谢。孩子抿嘴而笑。

看热门微博。全城都几乎在为一名躺在城中心医院病房的小伙奉献爱心。小伙为救下一位横穿马路的男孩,被一辆迎面疾驶而来的轿车撞成重伤,不幸高位截瘫。那一笔巨额治疗费,让家庭本不宽裕的小伙一家陷入困境。而小伙刚大学毕业,正打算谋一份职业,实现人生理想。谁料遭此大厄!小伙几乎濒临绝望边缘。媒体报道后,市民们纷纷慷慨解囊,爱心捐款逐日增多,一期治疗费渐渐有了指望。不少人还亲自去病房慰问小伙,给他送鲜花、送祝福、送鼓励。小伙深受鼓舞。新闻图片上的他,虽一脸憔悴躺卧病床,但面对来看望他的好心人,笑靥如花;表示一定要坚强起来,笑对命运。小伙的遭遇,牵动了一座城市的神经。无数颗爱心,共同织就一张温情的网,将一座城市冰冷的外壳,暖暖地覆盖……

与城市亲密相拥

一张纸片下的温暖

纸片虽薄,却为他撑起了头顶一方不变的晴空;纸片虽轻,却将这苍茫的都市雨夜温柔地覆盖。一张薄而轻的纸片,竟成了一位孤独的城市旅人,清凉雨路上最温暖的陪伴!

他将纸片严严地护住头顶,遮挡住夜空里密密洒落的雨水,在都市坚硬的柏油马路上一阵狂奔,有几分狼狈,有几分无奈。

今天,他又在人才市场耗了一个下午,依然未能找到一份可以让他在这座陌生都市里立足的职业——他像一片浮萍,在茫茫都市里无所适从。他悻悻地从那里出来,一个人漫无目的地在大街上闲逛。接近傍晚,一场雨忽然从天而降。伊始,雨下得好大,好猛。他躲进一家大型超市避了一阵雨。但,雨一直下个不停。超市里一起避雨的人们,或有人送来雨伞接走,或打出租车离开。可没有人给他送伞来,他是这个城市的陌生来客;他甚至舍不得用上衣兜里那为数不多的钞票打车,或者在超市买把雨伞——他还得依赖它们用作生活费和房租费。

看看华灯初上,雨渐渐小了一些,可仍然下着。他顺手摸出了揣在衣兜里的那张招聘广告纸,将它展开来顶在头顶,一咬牙,一头冲入了雨中。

在惨白的路灯光照里,他以纸片为伞,拼着命冒雨奔跑着。途中,也时有招揽生意的出租车司机向他示意,他也毫不动心。他盘算着,像他这样坚持着跑下去,应该不过30来分钟,便可抵达他租住的那个单身宿舍。

途中,他也偶尔遇见撑着伞与他同一方向前行的人。可是,伞属于别人，却不属于他——他们彼此互不相识。

他目前所能拥有的，就是头顶这张纸片了——他也庆幸自己能拥有这样一张纸片，那是上帝的赐予吧！

铺天盖地的雨水，紧紧追赶着他，让他无处遁形。他试着沿着路边连绵一起的楼房下边奔跑——可是，都市的现代建筑没有屋檐！他只在一些店门前偶尔伸出的雨棚下，作了短暂的停留，又继续向前奔跑——除了奔跑，他别无选择！雨，似乎没有要停歇的意思。可因为有了头顶那张纸片，他有了奔跑下去的勇气！

他深一脚浅一脚地踩在积水遍布的地面上，鞋里明显溅进了雨水，冰凉冰凉的。而头顶因被纸片呵护，雨水无侵，丝毫未感觉到凉意——相反，头顶还升起几丝微暖。

那张纸片，一路忠实地护着他的头顶。纸片虽薄，却为他撑起了头顶一方不变的晴空；纸片虽轻，却将这苍茫的都市雨夜温柔地覆盖。一张薄而轻的纸片，竟成了一位孤独的城市旅人，清凉雨路上最温暖的陪伴！

在纸片温情的呵护下，他越跑越心下坦然，越跑越觉着前方的路灯一片明亮。他知道，不久他便将顺利抵达这雨路的尽头；他亦相信，雨夜也终会过去，或许明朝就是丽日晴天！

面对看似难以掌控的命运，一张纸片的力量，便足以将一颗漂泊无助的心，稳稳地托住！

多年以后，他已是这座城市的一位主人。那张纸片，被他一直珍藏在记忆深处，散发着恒久的温暖的气息……

与城市亲密相拥

热闹下的都市寂寞

都市更像一位外表冷艳、矜傲的丽人,卸下浓妆后,还原出她的内在朴拙与脆弱。我在这一刻,忽然看清了都市的真相——热闹,只是她虚夸的表象;寂寞,才是她深邃的内质!我们需要彼此抱团取暖,以寂寞慰藉寂寞!

1

茫茫都市里。一位五旬男,独自一人站上高高的楼顶。他怀抱着充气娃娃,表情漠然且凄然。下面是车来人往的热闹;而他的内心,却被寂寞填满。

那满满的寂寞,让他不堪重负。终于,他携充气娃娃一道,毅然决然地纵身往下一跳!

一具肉体像空壳一般,与灵魂一起,在半空里飘浮,再下沉……此刻,热闹,竟成了一种为生命送别的残酷背景;寂寞,演绎了一个人的世界末日!

这是某部电影的开幕镜头。

2

走在熙熙攘攘的人潮里,寂寞,却如影随形。

眼前晃动着无数的面孔。却因为陌生,彼此的刹那对视,激不起心中些微的波澜。

纵然有肩与肩的接近,不能让人与人的心灵接近;纵然是身体与身体的摩擦,也不能摩擦出彼此间情感的温度。

所以,人潮中的热闹,注定了永远只是身外的风景;真实的寂寞，才是内心不变的主题。

在人潮中穿行，犹如穿行于茫茫荒原——那一个个陌生的擦肩而过者，像极了一棵棵一闪而过的原上树木。

3

川流不息的汽车，不时发出刺耳的鸣叫。商贩们的吆喝声，也此起彼伏。

店门口招揽生意的音响，高分贝地奏响着。流浪歌手苍凉的歌声，在四围矗立着的高楼间回荡。

或为宣传或为广告的老年腰鼓队的鼓乐声，在人潮的簇拥中，訇訇然一路浪潮般滚响。

各种声音组合成一部繁复的交响，强烈地叩击着耳膜；热情而莽撞地，充斥着一个人的听觉。

可是，周遭的这一片热闹，入耳，却不入心。外界越喧哗，内心反倒越寥落；因为寥落，也便寂寞。

寂寞，常常是身陷热闹之中的心不由己！

4

街市的繁华，最直观的体现，便在于那些纷呈于视野里的色彩印象。

五颜六色、色彩斑斓、绚丽多彩、流光溢彩……恐怕穷尽诸如此类的形容词，也难以表达对都市色彩的完美描述——就是一场令人目不暇接的视觉盛宴吧！

各种色彩，恰似赴会一般，热热闹闹地荟萃于一个人的视野里。而人在一派繁花似锦的热闹下，却总会生出几分局促，几分迷惑，几分无所适从——眼里的色彩，不但繁复莫辨，而且，还总处于不断变化之中。这使得，无论你在都市里生活多久，也始终无法对之建立足够熟悉的印象。

日新月异的繁华演变，造就了人与都市的永久性隔膜——难以真正的相识、相知、相契。最热闹的色彩，映照着的，往往是一颗颗最寂寞的心。

5

常常一干人在酒足饭饱后，带了几分醉意，一起扶着扯着，再往霓虹闪烁乐音飘扬的KTV而去。

KTV包房里，略带了几分暧昧色的灯光摇曳下，超大功率的音响，播放着震撼心魄也震撼都市神经的乐音。

常常在半颠半狂中，胡乱抓一只麦克风在手，眼望着彩色屏幕的歌词闪闪，放开了喉咙，纵情歌唱。

可以是气贯长虹，可以是歇斯底里，可以是低回跌宕……和着同样狂烈的伴奏乐，一边吼唱，还一边放肆地摇来晃去。

然而，最热闹的表达，也终究掩饰不住那份挥之不去的寂寞。

6

平生最怕寂寞长，无奈偏逢独居时。

孤单一个人，独守空屋里。厚厚的防盗门，隔断了世界。虽有整栋楼的邻居，却各各心安理得地待在防盗门的囚禁里——或至老死，亦彼此不相往来。

把所有房间的灯都打开，让它们百花争艳般绽放；把大屏液晶电视机的音量开到够高，让满屋里恍若闹市。或者低下头，拼命刷微博，聊QQ，与众网友纷纷乱乱神侃；或者打开电脑，玩最火爆、最销魂的游戏……

兀自营造了"热闹"，只为驱遣"寂寞"——却不幸让自己跌入了最深的寂寞！

7

夜渐深。孤枕难眠时,掀被而起,伫立窗前。

窗外,满城灯火已阑珊。唯有招待所或宾馆门前招揽旅客留宿的幻彩的灯光,还招魂般地闪烁着;以及那些散落于各处道旁巷内的路灯,还孤独地发散着惨白的光。

街上的嘈杂已然消退;微闻偶然响起的汽车鸣笛声,和依稀的夜归人的脚步声……

就像一场盛宴,已至曲终人散时;也似一场大戏,终究谢了幕去;还如一场繁花,无奈成烟逝。

都市更像一位外表冷艳、矜傲的丽人,卸下浓妆后,还原出她的内在朴拙与脆弱。我在这一刻,忽然看清了都市的真相——热闹,只是她虚夸的表象;寂寞,才是她深邃的内质!我们需要彼此抱团取暖,以寂寞慰藉寂寞!

复回被窝。脸上绽开笑颜,心中温情流淌,安然遁入梦乡——只因,怀里拥着云一样柔软、云一样无辜的都市寂寞……

与城市亲密相拥

房子

有了房子,在城里就有了家;心,亦可以借此扎根。如若其他相应条件同时具备,你便可以成为货真价实的"城里人"。你便能以居者的姿态,或者更能以主人的姿态,与一座城市平等对视。

城,离不开楼。林立的高楼,构成了一座城的基本轮廓。簇拥的楼群,连接起了一座城的坚固骨架。而这无数水泥丛林的巍巍矗立,亦衬托出一座城的外在特征——坚硬与冷漠。

人在城中,举目四望,只觉自己被四围的高楼淹没着。深陷于这一片水泥丛林里,眼前是熙熙攘攘的人流,往来穿梭的车辆,纵横交错的街道,扑朔迷离的霓虹;偌大一座都市,苍苍茫茫,让人身似浮萍,颇感无所适从。人,唯有融入其中,才可得最终的安宁。

但,要想真正融入一座城市,不仅要谋得一份赖以生存的岗位,或者拥有一项逐梦人生的事业——若仅如此,你不过是这座城市的一枚漂泊者,或者旅客。你还必须得在林立的高楼里,觅到一处属于自己的居所——房子!

拥有一套属于自己的住房,确是一件意义匪浅的大事。多少向往都市生活且希望扎根于此的人,往往不惜倾其所有,抑或东拼西凑,甚至甘做房奴,也要在城里购上一套心仪的房子——不啻完成一项人生重大的奋斗目标!这,尤其之于那些渴望融入大城市的人们而言,意义更是不同凡响。

有了自己的房子,便可以大大方方地住进那巍然矗立的高楼里,心里会有一种强烈的归属感。相比那些只在做事的楼里上岗,或在出租屋里暂住,心中怎不"别是一番滋味"?

房子带来的归属感，成为漂泊无依与尘埃落定的分水岭。茫茫都市里，莽莽楼丛间，一套或许并不宽敞或豪华的房子，因为为自己拥有，人的肉体连同灵魂，一起被温柔地受纳其中；从此，不再忧心于居无定所，而有了一处不仅可以遮风避雨，而且可以安顿身心的珍贵空间；从此，你可以自豪地说：我终于叩开了都市天堂之门！

有了房子，在城里就有了家；心，亦可以借此扎根。如若其他相应条件同时具备，你便可以成为货真价实的"城里人"。你便能以居者的姿态，或者更能以主人的姿态，与一座城市平等对视。这样，你伫立于繁华都市街头，不再心怀茫然；那矗立的水泥丛林，不再面目可畏。

在坚硬无比的高楼建筑的外包装下，藏着的，却是一方柔软且极有质感的空间：柔和的室内装饰色调，松软舒适的沙发，富有弹性的床垫，飘逸如瀑的窗帘，幽幽吐香的盆花，墙角一树养眼的翠绿，以及那氤氲于室内的笑声，抑或琴乐……

安居的日子，幸福，恬淡，满溢了烟火的气息，饱含了生活的温度。在方寸厨房间，用心地奏响锅碗瓢盆的交响乐；在饭桌边，开心地与家人品尝自己亲手做的饭菜。饭菜的香气，飘逸在室内；又随风飘出屋外，在高楼建筑间萦绕，将原本冷漠的都市外壳，熏染得有了几分微暖，几分温馨……

当在残酷的生存竞争里，遭受挫折或伤痛，人便可以退回到自己的房子里——那个叫"家"的地方。将外面的喧嚣与烦扰，用一道厚厚的铁门隔断，整个人深深地藏进去，藏进一个只属于自己的世界。抑或，当你从五彩绚烂的都市夜生活里归来，那斑斓的霓虹灯，只能诱惑你的双眸；那明亮的路边灯，只能照耀你的归途——唯有抬首遥望处的那居所高楼里亮起的灯光，才是对归来人最殷切的守望与召唤……

因为有了一套属于自己的住房，人便有了长居于此的踏实与安稳，有了与高楼建筑朝夕相伴的亲近与温情，亦有了与一座城市休戚与共的荣辱与悲喜！

房子——人城合一的载体！

第三辑
城市乾坤

城里乾坤,究竟有多大?
一座如此大气的商厦,
亦不过冰山一角……

天台

于是，就憧憬着自己也能拥有一方"危楼"，一方手可摘星辰的危楼——莽莽水泥丛林间的高层建筑上的天台，以完美呈现那唐诗所表达的意境吧。

"危楼高百尺，手可摘星辰。不敢高声语，恐惊天上人。"少年时，读过的这首唐诗，忽一日，就涨潮一般涌上心头。

只因久居都市，触目皆见矗立着的水泥丛林，觉着仿如置身樊笼，不仅视野狭窄，内心也颇为压抑。于是，就憧憬着自己也能拥有一方"危楼"，一方手可摘星辰的危楼——莽莽水泥丛林间的高层建筑上的天台，以完美呈现那唐诗所表达的意境吧。

当年，由乡下迁居入城购房时，原本打算选得一套带有天台的住宅；在城里转了一大圈，却未能如愿。天台所在的商品房，毕竟是多少人趋之若鹜的对象；早有人捷足先登，抢购得去了。

如今所拥有的居室，位处城中一幢平顶式居民楼的第七层；四围尽是数十层高的电梯楼，颇有"四面楚歌"的惆怅。极目望，望得最远处，不过是对面高楼的楼体；望得最高处，亦不过是零零散散被高楼分割了的几小块变形的天空。

在无奈与无为中，"屈居"第七层经年之久；犹一直盘算着，待得哪年票子存够了，瞅准机会，另购一套带有天台的住宅。遗憾的是，这一"宏大愿望"，至今尚未得以实现。客观而言，此类商品房属人们抢购的热门对象，且一般数量极为有限，供不应求；主观而言，自身的经济实力，又拖了后腿——近些年，房价不断看涨；而一幢商品楼，价格自一层至顶楼，逐层升高；天台所在的顶楼，自然最高。

往往偌大一座城市，能拥此天台的居民，只在少数。于是，那天台便一直成为一个未偿夙梦，萦绕于心，不肯轻易释怀。

某日，有幸去朋友L君所拥有的天台一游。该天台位于城中一幢数十层电梯楼之巅，且居于城区较高处。乘电梯抵达，有如通天之感。登上那一方天台，一阵飒爽清风，袭涌而来；放眼一观，真可谓"一览众山小"——周围那山峰一般排列的楼群，大都矮了下去，视野里，几无多少阻挡之物。抬头仰望，好一片辽阔的天空，无物遮蔽，一览无余——伸手之间，似可"摘星辰"。四字概括最为精当——心旷神怡！天台空间，被L君开辟成了屋顶花园：花开香艳；还笼养有鸟儿——可谓鸟语花香。好一方美妙的人间天堂……而L君天台下的居室，宽敞，明亮，布置颇现代时尚。置身其间，一股高雅而极富品质的生活气息扑面而来……

回到自己七层楼的居室，内心更起波澜。瞧着采光条件不甚好，且陈设比较朴旧的居室，与L君高大上的住所相形见绌呢。

重新摆正心理的天平，是在拜会了一位在企业退休后多年在家的S先生之后。

S先生居室位处城区一栋旧居民楼底层，四围被林立的高楼所包裹，室内采光条件较差，空间又较逼仄。可是，S先生却在此中，活出了自己的心旷神怡。他几乎每日里，都会泡上一杯茶，读一阵闲书；或者，弹上一阵子吉他；或者，夜里在窗前的台灯下，挥洒一阵子文思；或者和老伴一道，一起下厨做一顿可口的饭菜。还有，他还常常带着老伴，一起去逛逛街，看一看世界变幻；或者，去城郊登登高，望一望远山如黛——出门时，一脸的容光焕发；进门时，一脸的春暖花开……

原来，那一方风光无限的天台，可以安放于我们的内心。内心的天台，一样有鸟语花香，一样有诗意盎然……

■ 与城市亲密相拥

城市中心

关于城市中心，尚有多种划分，不能一一穷举。无论哪一种"中心"，皆因其所具有的"地心磁场"般的引力，让城中的人们趋之若鹜。

何谓城市中心？这得看从哪个角度来划分。

区域中心。就物理空间而言，位于城市腹心地带的区域，便是一座城市的中心。这里往往最繁华、最热闹也最具人气。如商业中心（商贸城、购物中心等）、娱乐中心（游乐园、歌城、桑拿馆、健身中心等），一般便安营扎寨于此，是市民逛街、购物、休闲、娱乐的集中之地。因此，也便荟萃了一座城市的超强人气。经商的，购物的，体验都市生活的，都喜欢在这里聚集——使其成为当之无愧的主城闹市区。此区域的商品房，尽管价格往往创城中最高，仍然是有经济实力的市民所热捧之所，并让一般市民心生羡慕。

美食中心。民以食为天。一座城市，更以多种美食荟萃，令都市众生尽享口福。而往往为了方便市民及外来人等品尝美食，一座城市会在城中某些地方，专门辟出规模化的美食中心，如"美食城""好吃街"乃至"美食地带"等。常常每到满城灯火璀璨时，忙碌了一天的人们，会循着空气里弥漫开来的美食的香气，呼朋引伴地奔赴这些美食中心，尽情享受各种美食带来的"舌尖上"的快感，以及精神上的满足。

医疗中心。对健康的呵护，是都市人最看重的大事之一。城里虽然医院众多，医疗条件整体不错，但人们更习惯"迷信"那些最好的就医之所。往往一家最负盛名的综合医院，便是市民大众心目中的医疗中心。毕竟，此处基本占据其他医疗机构所无法比拟的两大优势：硬件优势，即拥有最先进最尖端的检查、化验、手术、疗养等设备；人才优势，即拥有全城中最富临床经验、最有资质的医疗专家和医务精英团队。这两大优势，无疑会成为吸引市民来此就医的最显著亮点，使得此地常常门庭若市，排队挂号的队伍很长，住院病房总是爆满。

教育中心。这里主要就学校教育而言。可以说，一所名师荟萃、教育资源和教育环境都占优的学校，包括幼儿园、小学、中学，至大学，都可能成为一座城市的教育中心，而让众多学子和家长，心怀憧憬，并将其作为要努力抵达的理想之地。也即常说的"名校"或"重点"效应。

市政中心。即城市的办事机构中心。常常涉及医疗、卫生、法律、文化、教育、民政等，以及市委市政府所在。此地牵连着每一位市民工作、生活等方方面面，与他们的切身利益密切相关。"有问题，找市政"，这应是市民流行的口头禅之一。所以，这里自然成了市民经常造访之地。这里，是一座城市的权力与威严的象征，是一座城市的心脏，是市民心目中的"圣殿"。

文化中心。一座城市，缺了文化氛围，便如一个巨人，徒有庞大的躯壳，却无精神内蕴或者灵魂。文化中心的存在，便显其必要了。一城的文化中心，常常以一系列文化建筑为载体呈现，如现代化影城、剧院，历史积淀深厚的博物馆，艺术价值高的美术馆，兼具多种文化功能的图书馆以及书城等。文化中心，就像安放于喧嚣都市里的"城市后花园"，是市民颐养情怀、栖息灵魂的地方。

关于城市中心，尚有多种划分，不能一一穷举。无论哪一种"中心"，皆因其所具有的"地心磁场"般的引力，让城中的人们趋之若鹜，这不仅彰显着城市本身的魅力与凝聚力，更生动地证明着人们活着的状态——至少活得有生气，有追求。一个对城市中心无动于衷的人，想必是迟钝而麻木的，是不能与他所生活的城市相知相融的。

与城市亲密相拥

银行

城里人与银行的彼此缠络,恰好是人与城相融相依关系的体现——就像鸟儿之于山林,鱼儿之于大海,风儿之于旷野……

去银行存取款时,常常会排队或取号等候。城里各家银行尤其是市中心银行,办理存取款业务的市民,常常络绎不绝。

习惯了将钱存入银行,而不会放在家里。大家认定的是银行所具有的安全保障。钱放家里,怕贼偷;而银行则相对稳妥得多。另外,钱若拿去投资吧,投资有风险,甚至血本无归。钱存银行,还可享有"本金+利息"的双重保障待遇。如此相对保守的存钱意识,为中国大多市民所共有。

当然,钱存银行,也会有利息涨跌的波动,乃至遇通货膨胀而贬值。于是,市民们有时也会取一部分钱拿去投资,如购房、买保险、炒股等,以求保值或增值。这一存一取间,尽管体现的是普通市民对浮世幻变的焦虑与惶惑,可银行终究是他们更值得信赖之所;较之于其他投资,其风险一般要小得多。

何况,按中国城市市民的传统观点看来,钱存银行,是对不确定的未来"负责"——今日的余钱,或许就是未来生活里的一根救命稻草!只因为,城市激烈的生存竞争,使得今天有工作,明天就可能失业;城市环境复杂,各类意外风险亦防不胜防……

退一步而言,身居城中,各家银行于各个街道星罗棋布——钱存银行,取用之方便,直如于自家抽屉里取用一般,以此带动着一座城市的消费指数的持续性上涨。

无怪乎,常见一些街区的商业门面倒闭之后,便会有银行接过场地，开始营业。银行的存在价值，无可争议。大众市民对银行的长久性依赖，可见一斑。同时，各家银行也在大众市民的热情支持下，于万千商家之林中，保持着高山松柏一般独傲不败的姿态。

  城里人与银行的彼此缠络，恰好是人与城相融相依关系的体现——就像鸟儿之于山林，鱼儿之于大海，风儿之于旷野……

老巷

它已成四面楚歌，已濒临被剿杀的边缘；它似乎还在做最后的顽强坚守——为了给这座城市，保留一道历史的符号；为了给无数老城居民，贮存一段记忆的温度。

走进去，犹如走进一段老城的昔年岁月。

每一块青石板，被时光打磨得光滑可爱。那上边，老城居民走过一代又一代；那上边，是一代又一代城里人抹不去的记忆——它曾经在纷至沓来的足音里，热情地奏响一路和弦；曾经就那么日复一日、月复一月、年复一年地，奉献着自己的青春，奉献着自己的温存；而与老城同栖，与岁月共舞……

而今，老巷真的老了——老得瘦骨嶙峋，老得邋遢不堪，老得有些寂寞。那些曾活跃在它怀抱里的旧时物事——棋盘上落子时的铿然有声；二手书摊前的书香氤氲；货郎吆喝声的此起彼伏；暗夜里旱烟火星的闪闪烁烁；夏日里老树边纳凉时的悠然自在……都已杳然退隐于时光的重门之后。

年轻的眼睛，已不大认得它；只在时空穿越般的恍惚里，邂逅那一份生命里的似曾相识。只有正和它一起渐渐老去的一代，还能如遏老友一般，在这里重拾怀旧的情结。或者，冒冒失失闯进一些不速之客，用喧哗声和闪光灯，叩问它的前世今生。

曲径通幽处，旧时鲜活不再。周围，一幢幢新建的高楼，对它傲然俯视。一条条新修的街巷，正将它无情地排挤。新时代的气息泛滥，宛若潮水一般，向它汹涌而来。

它已成四面楚歌，已濒临被剿杀的边缘；它似乎还在做最后的顽强坚守——为了给这座城市，保留一道历史的符号；为了给无数老城居民，贮存一段记忆的温度。

在城市不断变迁的大背景下，老巷悠悠里，流淌的是时光的永恒，留住的是城里人最温暖的故乡……

与城市亲密相拥

图书馆——都市人的精神家园

相信总有一天,越来越多的人,会把图书馆视作心中的"朝圣之地";会将读书与学习,作为生命中的"日常必修课";则我们生活的城市,终将会成为"书香之城"——那里有我们的精神家园!

近段时日,也不知自己在忙些什么。忽一日才想起,已差点忘了该去那个老地方——市图书馆了!

市图书馆离居所仅约半小时步程,坐公交则转眼即到。

市图书馆坐落于本城繁华街区,交通便利。旧馆始建于20世纪中叶,新馆近几年建成并投入使用。图书馆目前开设有外借处、报刊阅览室、少儿借阅处、电子阅览室、参考阅览室、多媒体阅览室、报告厅、培训室、综合活动室、多功能室等免费开放空间,实行外借、内阅、查询等全方位服务,旨在帮助市民养成阅读与学习习惯,提高市民综合素质。

热衷步行的我,出门后,一路沿街而行。在不紧不慢的步行中,一边顺便扫视街市的风景,一边在心底酝酿着朝圣般的情怀。

到了,到了,那不算巍峨却不失庄严的六层楼建筑物,那么鲜明地扑入视野;"图书馆"几个镀金大字,在灿灿阳光照耀下,反射着熠熠光辉。

大门外一侧,是去年才新建的"24小时自助图书馆",只有一间小屋那么大,但位置很显眼——也算本城的"新鲜事物"吧。

"自助图书馆系统"由自助图书馆服务机、物流系统、中心服务系统及监控系统四个部分组成,每套系统可实现1000册以上的图书容量,其中,可借阅图书数百册以上,容纳归还图书亦达数百册。

该系统与市图书馆"一卡通"系统兼容，凡持有"一卡通"的用户都可以享受365天、24小时的全天候自助办证、自助借书、自助还书、自助图书续借、查询文献、数字资源阅览、图书馆公告信息发布等服务。旨在有效缓解图书馆受开放时间限制、座位不足、通借通还基层网点不够等问题，进一步提高公共图书馆文献资源的利用率，促进图书馆服务的便利化和均等化。只是，我观察了一阵，来这里的人并不多；即使来了的，大多只是稍稍望上几望，最终真正借了书离开的人占比更少。

进入大门内部，一楼门厅的阶梯两旁，还搁着几块几天前"世界读书日"宣传展板。登梯步入二楼。这里是书报阅览室兼借阅中心。走进门厅，左侧有三室相连：中间一室为借阅登记处，一位气质优雅的中年女士正坐在电脑边，为两三个读者办理借阅手续。两边室内书架上满是各类书籍。有几个学生和一两位社会人士，正在书架边选书、读书。门厅右侧是一间较大的屋子，书架上的书以文学类为主。仍只见几个学生正像鱼儿一般在书架间游弋。这是周末，来此借书的人也较少，恐怕平时会更少——周一至周五，我便基本没来过。

再往门厅深处前行，便来到书报阅览室。这里的空间相对开阔些。中间是一个长方形柜台，将阅览室划分为两个区域。图书管理员坐着办公的柜台那一边，是各类流行杂志和文学刊物天地，书架书台上都搁满了书。柜台另一边区域，是报纸天地。靠墙立着的简易书架上，挂着二三十种热门报纸；书架边，安置有一些书桌和椅子。几个学生和几位老人正坐着阅读书报。原本不多的座位，也大部分空着。

我也选了书报，坐下来阅读。那一阵时间，心中的杂念是排开了去的；觉着世界很静，日月和星辰在悠悠运行……

后来，我离开阅览室，试着往楼上转了一圈，见着几层楼上几乎所有的门都关着——门内并无人声或人影，一片寂寥。

与城市亲密相拥

慢慢下楼去,慢慢走出图书馆时,心里不禁在想:今日图书馆的几近冷清,与本城已快达百万人口的城市规模,似乎不甚相配呵。

城市图书馆,被人形象地喻为"城市文化符号",或者是"城市与文化的桥梁"——足见其在城市文化建设中所具有的地位之重要。或许亦如某些有识之士所呼吁的那样——一座城市,可以少建几座星级宾馆,可以少建几家高档会所,可以少建几处奢华娱乐中心——但,独独不可以少建一个像样的公共图书馆!而且,更寄希望于政府相关部门协调并指导图书馆,切实有效地将图书馆的各项服务功能,实行常态化运作。比如,不间断地开展各类专题讲座、书展、读书征文、文化沙龙等,让这道"城市符号"愈加鲜明化,让这条"城市与文化的桥梁"发挥更大作用吧!

当然,作为我们每一位生活在城市里的普通人,亦要主动积极地参与到图书馆的各类活动中去。我们应该充分明白——图书馆为我们提供的是一方终身读书与学习的平台,是学校教育的延伸。在这里,我们不仅可以提高自身的综合文化素质,而且可以接受到更为广泛的知识与技能培训,甚至可以帮助我们坚定永远正确而光明的人生方向。

所以,我们不必以"忙而无暇"为借口,将自己与这里长时间疏离开来;我们亦不必过多地沉湎于声色犬马与歌舞宴乐之中,而忽略了这里才是"心中的桃花源",这里才是"灵魂的栖息地"!

走出一楼门厅的时候,门外那块"4.23世界读书日"宣传展板上的文字,被明媚的阳光抹上一层亮色:"今天是世界读书日。让我们共同享受阅读的快乐。在这一天,走进伴随你终身读书的学校——图书馆……"

这一行行文字,亦像阳光一样照亮我的心房。

倘若大家都行动起来,努力把每一天都变成"读书日";在每一天,都抽出时间往图书馆走一走;让全民阅读的良好风气蔚然成风——共同建设成一个摒弃了浮躁气与庸俗气的"书香社会"!

相信总有一天，越来越多的人，会把图书馆视作心中的"朝圣之地"；会将读书与学习，作为生命中的"日常必修课"；则我们生活的城市，终将会成为"书香之城"——那里有我们的精神家园！

与城市亲密相拥

电影院的前世今生

  我疑心,我的青春连同那颗青春的心,都随旧时影院一道,被岁月的废墟所埋葬——却不知,当下这涅槃重生的新生代影院,可否给我一次涅槃的启迪?

  夜里约七时半,独自来到广场商城。此时,这里人潮涌动:购物的、吃夜宵的、喝咖啡的、逛着玩的……还有看电影的。
  坐开放性坡式电梯,上至顶楼——影院所在。
  该影院不愧为近年来入驻本城的最"高大上"的都市影院。
  初入售票大厅兼休息厅门口,一股浓郁的现代气息扑面而来。开阔的空间里,无论就穹顶的设计风格,还是就厅内各处的配搭工艺而言,都颇具时尚元素,让我这个新来客耳目一新:穹顶的海蓝色灯光与下边的橙黄色灯光交错组合,更烘托出数字影院的奢华与梦幻。在梦幻色的灯光下,等着看电影的人们,或坐在厅内中间的长椅上闲侃、玩手机,或在四下里转悠着,看彩色灯箱映照着的电影海报;或去靠里侧的小卖部柜台前购买饮料和爆米花。稍加辨别便可看清,来此者以"年轻化"为主打:有学生,有情侣,有青年伙伴,有美眉闺密组合,有年轻夫妇带着孩子……已届中年的我便是其中年纪稍长者了。
  即将放映的是好莱坞 3D 大片。到入口处的售票处排队买票。电子显示屏上正显示今晚电影放映的时间和场次。"买一张 8 时的票,靠前些的。""先生办会员卡吗?办卡 50 元一张。"售票小姐笑语盈盈。我知道办卡就意味着得常来消费,我可是一年半载都难得来一回的,就应了句:"不办卡吧。"同时递上 100 元钞票。售票小姐接过去，麻利地在电脑上操作了一下，然后递过来一张票：100元面值，5排16号！我一咬牙，捏紧了票，转身离开柜台。也罢，一向"抠门"连买菜称肉都习惯讨价还价的我，权当破一次费，过一回"3D瘾"吧！油然想起那些年的电影票，五毛、一元至几元而已；现时的三峡影都，票价也不过涨到十来元吧。但，这眼前斥巨资打造的数字影院，其时尚与现代风格所展现的魅力及其票房收入所取得的一次又一次新高的突破，岂是如三峡影都一类被岁月尘灰蒙盖且门庭冷落的老电影院所能相提并论的呢？

稍过一阵，随众人到检票口。检查完毕，再随人流向里面走去。

里面是一道长长的门厅；门厅两边各有几间并排的放映室。踩着松软的地毯，借着迷离的灯光，一步步走向票上所指定的放映室所在。推开合闭的门页，继续向里走，便走进一条幽暗的寂静的走道——只在走道边的墙根，见着一长串细密如珍珠一般的闪烁着晶莹微光的装饰灯。再走上一会儿，向右转，在装饰灯朦胧的灯光里，走上一段渐次升高的斜坡式走道；走到顶端处，一抬头，一块白色的巨幅屏幕，赫然呈现于眼前——放映室到了！这一番"曲径通幽"的妙处，是昔年老电影院所不曾体验过的！

放映室里，没有强灯照亮；只在宛若星空一般的穹顶上，也嵌挂着若干梦幻色的星星似的小灯，与从外边走道一直顺着墙根连通进室内的那串装饰灯相映成趣；再加上那一束放映机射出的幽幽白光，将这方相对封闭的空间，共同营造出了一份特有的神秘感。座位自前而后，一排排呈渐升势，由低至高设置，配以前方那张占据了整面墙壁的超大屏幕，使得观众无论坐在哪里，都能收到完美的观看效果。按票号选定位置，一屁股坐到舒适的朱红色椅子里，眯着眼抬望星空般的穹顶，但等3D大片开映——那享受劲就甭提了。这一刻，我仿佛重回旧时电影院放映室——彼时，也有过坐着静候电影开映的情节；只是，当年的放映室，与今夕的放映室坐着的感觉，已然"别是一番滋味"！

电影开映了。有着震撼力的音乐音响旋即响起。赶紧戴上3D眼镜——那逼真的现场镜头，立时扑入视野，将一双双眼球攫住，将一颗颗心儿揪住。我和观众们一道，仿佛身临其境，做看客一般融入其中——而几乎忘了自己不过是在观影而已！果真效果不同凡响——那极尽夸张与渲染的一组组劲爆镜头，把电影主题演绎得酣畅淋漓，堪称完美！

好久未进影院观影了——进这"高大上"的数字影院还是头一遭。这段时间，妻儿不在家，一个人难免孤单。为排遣寂寞，今晚也算心血来潮吧，特地光临此处；虽一次性抛出了一百元钞票，却换得了一次全新的观影体验，让我得以重温久违了的那份曾经对电影的热情！

少年时，还在乡下生活。最早接触的是露天电影——便对电影"一见钟情"。后来，也跟同样爱看电影的爷爷，频频往乡政府大院里的大礼堂跑——那是我们乡里唯一的电影院。在人山人海中，被爷爷牵着手，挤着买票，挤着跨进电影院的门槛。慢慢觉着，看电影，电影院要优于露天场所。其一，前者不必受刮风尤其是下雨的影响，后者可得看老天爷眼色行事。曾记得，有些时候露天电影放映至中途，因天降雨水而不得不中断，很是扫兴！其二，前者有专门安放的座位，以供观众舒舒服服坐着观影；而后者则须从家里自带坐凳，或干脆盘腿坐在地上，或只能站着蹲着。其三，前者相对封闭的空间，要比后者开放空间下观影，更能体验到电影的独特魅力。

偶尔也随大人去城里走亲戚。若能留宿一晚，最开心的莫过于被主人领着，到城市电影院看场电影——彼时，主城区有三峡影都和市委大礼堂两家电影院。那年月，由于娱乐方式的相对单调，以及精神生活的普遍贫乏，城里人跟乡下人一样，对电影有着极高的热情。而城市电影院较之乡下电影院，亦有着明显的优势：前者有更舒适的座位，和更良好的观影环境；在新片放映上，因不像现在的院线同步，前者一般会比后者提前一段时间。至今犹记得，到了电影院门前，但见那里人头攒动，黑压压的人群挤着推着排队买票——若逢上海报上事前炒作的好片子，可谓一票难求。来看电影的观众，不分男女老少，常常是举家全动员。一个晚上，一场电影，总是轮番放映好几场。常常一场电影结束，早等得不耐烦的人们，会如饿者抢食一样，呼啦啦直往放映室冲，弄得门口好几个身强力壮的检票员都招架不住——那生意之火爆，那场面之热闹，非今日影院——包括再"高大上"的数字影院，所能企及！

后来，我考入城里重点高中——万县高级中学就读寄宿，一学期绝大部分时间待在学校。整整三年高中生活，学校里发生的一些事情，早已随岁月飘逝；唯有那些有关电影的片段，依然在记忆深处如星辰一般闪耀！

学校基本每月都会组织一次全校师生，到那时的沙河影院集体观影。影院离学校不远，大约步行十来分钟即到。每看一次电影，我们就像过一次节那样高兴。特别记得，当年我们观看台湾电影《世上只有妈妈好》的情景。那部电影，曾风靡一时。或许是那时的人心更柔软，抑或是那部影片确实有催人泪下的魔力，以至于在街头事先贴出的电影海报上，赫然打出"自带手绢一块"字样，以至于我们落座后，观影不消片刻，便听闻周围一片啜泣之声；以至于到后来，当上一场看完电影的同学们走出门口时，在外等候看下一场的同学们，会专门嬉笑着验看哪些人脸上留有泪痕……

当然，那每月一次的集体观影，远不能满足我们那帮少年对电影的无限膨胀着的欲望！于是，我常常在周末夜晚，约上几位同样痴迷电影的同学，去沙河影院看电影。看完电影，返回校园时，铁大门已关闭。我们便费力翻上铁大门，从上面开豁的几根尖锥间翻越进去。那时，流行放映印度电影——其浓郁的异国风情，和电影里贯穿始终的印度歌舞的热烈奔放，曾令我们为之着迷。我们不惜冒着常常翻越铁大门的风险,乐此不疲地在几乎每个周末之夜,出学校去沙河影院。那里,留有我们青葱岁月里最美好的回忆……

再后来,街头巷尾里,"忽如一夜春风来,千树万树梨花开",一个个录像厅齐刷刷冒出来,对电影院形成一股不小的冲击。首先,录像厅票价更低,之于彼时普遍收入不高的城里人而言,颇具吸引力;其次,它们分布广,不少街道都有它们的阵地,便于人们就近观看,而不必花较长时间去城里为数不多的几家电影院;最后,录像片大多刺激、好看,比如武侠片、恐怖片、江湖争斗片……成为主流。我们就是在那一家家录像厅里,渐渐熟悉了周润发、刘德华、李小龙等一干港台明星的。还有,录像厅一般不清场,可以一次性购票进去后,通宵观看。我也渐渐由一名"影院粉丝",蜕变为一个录像厅的"铁杆观众"。电影院不是就完全疏离了,只是去的次数真不如从前了。世上每一种新事物的出现,总会激发出世人新的热情;旧事物的"失宠",也便在情理之中吧!社会总是进步的,新陈代谢是一种必然。

而老电影院的进一步"失宠",直至被渐渐打入"冷宫",应是在电视的逐日普及、家庭影院进入寻常百姓家,以及越来越丰富多彩的娱乐方式的出现之后。

人们渐渐习惯了懒得出门,便可在家里舒适的沙发上,或卧或躺着,欣赏丰富多彩的电视节目,欣赏大屏幕配音响的家庭影院。电脑的逐渐推广,也成为加速老电影院走向衰败的有力推手之一。本城曾生意火爆的三峡影都、市委大礼堂、沙河影院等老电影院,在如许强大的对手面前,渐渐败下阵来。"流水落花春去也,天上人间"——市委大礼堂终于正式退出电影业的历史舞台,改作他用;沙河影院也随着城区改造,不见了踪迹;唯有三峡影都还在惨淡经营,顽强地苦撑门面至今。那一家家录像厅,也渐次如流星般陨落。

十年前,我携妻儿入城居住后,便鲜与电影院打交道了。家里大屏幕日本进口等离子彩电,可以随意收看数十个频道;一些在电影院热映后的影片,稍隔一段时间后,便可从电脑上搜索出来。对电影院的昔日热情,亦随城边那条滔滔东流的长江,消逝于远方……

旧事物的退潮之时,往往便是新生事物孕育的开始。电影院的涅槃新生,应归功于后来数字影院的蓬勃兴起。近几年来,随着几大影院先后登陆本城,新一波电影热由此"梅开二度"。

新生代影院,从硬件到软件,都较传统影院有了根本改进。现代建筑技术与审美艺术的融合,打造出的是颇具时代气息的观影环境;更兼院线同步上映一部又一部国产或好莱坞大片,借助数字化、3D技术,为观众奉献出的是全新而震撼的观影效果——可谓一举颠覆了老电影院的陈旧与落后,亦盖过了电视、家庭影院和电脑网络的观看效果!人们去电影院的热情之火,被再度点燃!正如今夜的观影氛围,虽不及那些年影院生意的火爆程度,可也已大大超过了影院低迷期的萧条状况了!

不过,观众构成,较那些年有了明显变化,亦如今夜——年轻人为主,年纪稍大者,一般只在逢年过节时,以"合家欢"形式,才来影院。当然,也有收入差异、消费观念等因素起作用,也让一部分人与电影院渐渐疏离。略略探究一下可知,首先,上了年纪的人,不像年轻一代对新生事物有特别的敏感,什么数字、3D似乎并不能引发他们的兴趣;其次,经历了艰难岁月的人们,节俭习惯的养成,使得他们大都舍不得一次花上数十元乃至上百元,去看一场电影;作为如我们这样的三线城市居民而言,收入本就不高,人们往往会盘算着如何省下一张电影票钱,去买好些蔬菜、换回好些日常用品——何况,家里那么多个电视节目都还看不过来哩。可在年轻人看来,去数字影院看电影,是一种时尚,是与新时代脉搏的同步跳动,是对生活品质的更高追求——或许,收入较高且观念较开放的大城市居民中,会有更多的人有此同感!

我不得不承认,步入中年的我,已然落后于而今的年轻人,落后于这个新时代——我是的的确确落伍了!

我疑心，我的青春连同那颗青春的心，都随旧时影院一道，被岁月的废墟所埋葬——却不知，当下这涅槃重生的新生代影院，可否给我一次涅槃的启迪？

情迷新华书店

新华书店里，有着繁星一般闪耀的璀璨书籍，它们永远照亮我生命里的那些萎靡、晦暗、寂寥和苍茫；让我得以在这喧嚣与繁忙扰人的都市，在这速度与效益并重的时代，活出了一份入世的从容与简单，活出了一份内心的宁静与淡泊。

1

新华书店，记忆里一个永远熠熠生辉的地方。

常去的本城那家最大的新华书店，与这座城市，已携手走过了多少年沧桑。

城市始终处在不断的发展变化中。无数楼房，建了又拆，拆了又建……无数街巷，如涂抹作画一般，抹了旧版，又涂上新色……新华书店，也经历了多次位置的迁移和妆颜的改换。

但是，在爱它的人心中，它永远都如恒星一般闪烁光芒，从不曾黯淡；也永远都如老朋友一般，彼此熟悉，从不曾陌生！

2

穿过繁复交错的街道，从熙熙攘攘的人流里走出，在繁华闹市的一个拐角处，新华书店的门牌赫然入目！就像在人生的一些拐角处，总会遇见令人怦然心动的风景！

步入门厅，一如归家的亲切感油然涌上心头。紧跟着，一阵醉人的书香扑鼻而来。最显眼的中央地面垒起的平台上，摆满了书店里正热销的一些文学、励志类书籍。常常会在此处略作驻足，翻阅一会儿那些书籍。只是，因其数量和类别都极有限，一般会选择上二楼去——那里有更为丰富的书目；而本层主要经营学生用学习机、学习用品和音像制品，以及清一色的学习资料，二楼才是有其他更多阅读需求的顾客的主要造访之地。迈步登上通往二楼的阶梯。至入口处，一串醒目的文字映入眼帘："要么旅行，要么读书，身体和灵魂，总有一个在路上。"

来一场与书的约会，正是为了一起相携上路！

3

放眼四顾，极鲜明的一个印象——大！

首先，是这里的空间大——物理意义上的大，基本相当于好几家普通市民客厅之总和吧。作为本城几家新华书店之首，它当之无愧。四壁上，书册如繁星悬挂于苍穹。其次，是这里的藏书量大，应以"万"为单位计其册数。而且，书的种类之齐全，令人叹为观止——几乎囊括了天文、地理、社会、医学、科技、文学、旅游、菜谱等，以及各类实用书籍。

但只见，中间空阔处，呈"街巷式"纵横排列的书架上，书册如珠玉般串缀一起；而入楼梯口处最惹眼的位置，几方几尺见高的台面上，摆放着书店隆重推出的各类畅销书；因其装帧精美，犹似一道令人垂涎的满汉全席。

如此藏书颇丰的偌大空间，为光临此地的顾客们，拓展开来的是另外一种大——精神视野上的大。这种大，比远方更迢遥，比宇宙更浩瀚。

4

氤氲在鼻间的，是众多书册里散发出来的墨香。这墨香，有如花香一般的芬芳、醇浓。

这里的书，日日月月里，不断推陈出新地变换着——上架、下架、上架……以迎合大众不断更新的阅读需求。

新华书店最大的魅力即在于此。它几乎引领了每个时代大众阅读的潮流风向；加上其拥有的书目之巨、之新，以及其长久以来在纸质书市场上所独拥的龙头老大的显赫光环，奠定了其在大众读者心目中不可摇撼的地位。

于是，新华书店，成了它的"铁杆粉丝"们的一处精神膜拜之地，且由来已久——只是担心，这种膜拜，在喧嚣与浮躁日盛的现代都市，还会延续多久，更有几人坚持呢？

作为新华书店的忠实顾客，权且乐观而固执地认为，这书里的墨香，已然飘溢经年；有着花香无可比拟的恒久生命力；必定还会延续下去，供千秋万代嗅闻。

5

在书香氤氲里漫游，像蜂儿流连于花丛，采撷甘甜丰美的花蜜；像鱼儿遨游于沧海，畅享深情醇厚的滋润；像鸟儿飞翔于天空，赏阅旷阔无垠的意境……

这里的书，可以只读不买；无论你待上多长时间，都不会有人撵你走——这应该是新华书店吸引广大读者的一大优势吧，或者说，是它理当承担的一种培养国民阅读习惯的历史使命吧。

因着对文学的一往情深，常爱在这里，沉醉于文学书籍的阅读之中。或品读华夏经典名作，或赏阅世界不朽读本，或浏览当下畅销图书……这里，成了与众多文学赤子心灵对话的窗口。

集中阅读翻看文学类书籍的，少年人占了绝对优势，也有少数成年人夹杂其中。他们或倚或靠，或站或蹲，甚至盘腿坐在地上，津津有味地捧读自己喜爱的书，安然享受慢阅读带来的无上精神愉悦。而且，有一些少年，一读就是大半天！

少年，是文学创作的接班人，延续了一个民族的文学希望。或许，这里就是他们文学理想之舟扬帆起航的地方。

大多数成年人呢，则将大部分时间，耗在了名与利的辛苦角逐上。他们也会偶尔来这里转上一圈。很多时候，无非是极有针对性地挑拣一两本实用类书籍，然后便匆匆付费离开。

这里，竟在无意间，划分出了少年与成年的人生界限。

6

或者无意识地，在浩如烟海的书目里翻阅；或者有目的地，在街巷一般的书架间搜寻——总会有那么一本好书，与你不期而遇；或者，被你逮个正着！

如遇知己般捧在手上，细细地摩挲，深情地嗅闻；翻开，合上；再翻开……就那么爱不释手，就那么缠绵悱恻——恰似一场唯美的"一见钟情"，休道那"人生若只如初见"。带回去吧，去好好地相待。可以是在休闲的午后，亦可以是在清静的夜里，在墨香氤氲里，将它一页页悠然打开来，就像打开一坛芬芳的秘密，去赴一场灵魂的旅行……

为心仪的书买单时的心情，之于爱书人而言，是在其他商品消费上所无法媲美的！

或为购书，或为读书，新华书店，从过去到现在乃至将来，都是我常去之地。

但凡上街去，总会腾出时间，在新华书店待上一阵子。近年来，我逐渐将阅读的重点，放在了时下那些文理俱佳的畅销书上——有历久弥新的中外经典，亦有新人奉献的震撼之作。它们往往最贴合我们的生命感知，最能引发现代人心灵的共鸣。新华书店的畅销书，总在不断地推陈出新。所以，我得跟踪式予以关注。

如今，居室客厅茶几上，堆着一摞从新华书店买回的书。如《林清玄散文集》、雪小禅的《那莲那禅那光阴》、王开岭的《每个故乡都在消逝》、安意如的《当时只道是寻常》、凉夏的《你是此生最美的风景》……这些书，读来或醍醐灌顶，或荡气回肠，或如饮佳酿，或如嗅兰香……伴我度过了一段一段美好的时光。

新华书店里，有着繁星一般闪耀的璀璨书籍，它们永远照亮我生命里的那些萎靡、晦暗、寂寥和苍茫；让我得以在这喧嚣与繁忙扰人的都市，在这速度与效益并重的时代，活出了一份入世的从容与简单，活出了一份内心的宁静与淡泊。

新华书店，一座屹立于都市人精神世界里的光华灿烂的圣殿，吾当终身膜拜之！

快餐店

快餐店，因其迎合了现代人对"快节奏"的追求，而颇受大众青睐。人们得以省去了买菜、做饭的时间，只需支付些费用，就可以完成吃饭的任务；再投入忙忙碌碌的不断奋进、获取成功和创造财富之中去。

时间才近中午，本城一家大型快餐店内，已是顾客盈门。我随着点餐的顾客，排成长长的队伍，挤攘在横向式展示菜肴的装有透明橱窗的展台边。顾客中，有挎包的，有拎袋的，大都是刚下班的，或办事的中青年，也有背书包的学生，和少量带着小孩的老人。

橱窗内，一长溜摆着数十只长方形塑料盒；盒里盛着的菜肴，有荤有素，品种繁多。里面十来个服务员按照顾客的挑选，动作麻利地为他们用小塑料盒分别盛好，再放入顾客手里捧着的长方形塑料托盘上。队伍迅速向前移动。门外，仍有顾客源源不断地涌进来。

我本想好好选上两样菜，但被左右的顾客一推挤，加上里面的服务员声声催问，无奈，匆匆点了两样菜，便随着人流前移；接着，快速地付账；然后，双手端着托有饭菜和汤水的长方形塑料盘，去找位置落座。

可是，待我拿眼往四下里一打量，却发现，原本偌大的空间内，那么多的餐桌边，竟人头攒动，座无虚席！只得和其他一些同样没找到座位的顾客一起，手端长盘，游走于各处，以伺机"抢"座。但见无数顾客埋头于饭菜里，似闻一片咀嚼声、吞咽声，不绝于耳。不断有人起身离座；服务员麻利地收拾餐桌；再不断有人插空落座……

我终于瞅了个空档，寻得了一个座位——胳臂已有了略略的酸软；才微吁了一口气。

近几日，因牙疼之故，我只得小心翼翼地慢慢咀嚼。其间，邻座走马灯似的换了好几个。第一位是个商场蓝领模样的小伙，一阵风卷残云，就将两盘菜和一碗饭就着大半碗汤，收拾干净。第二位是个跑业务模样的中年人，一边漫不经心地吃着饭，一边还不时地打电话或刷屏；也不消一会儿就起身离去。第三位是个中学男生，也是三下五除二，就搞定了一餐饭；然后，拿卫生纸一抹嘴；再抓起书包往背上一背，干脆利落地走人……

周围的顾客，频繁上演着起座、落座的镜头。我在这样的氛围下，隐隐感受到了一种进食的"压力"！本想顺应潮流，提高进食速度，可牙齿不争气啊！

茫茫都市内，类似的大小快餐店无以计数。快餐店，因其迎合了现代人对"快节奏"的追求，而颇受大众青睐。人们得以省去了买菜、做饭的时间，只需支付些费用，就可以完成吃饭的任务；再投入忙忙碌碌的不断奋进、获取成功和创造财富之中去。从这个意义上而言，快餐店助推了人们的"快生活"——尽管这有"夸张"之嫌，但，由其引申开来的一些"快餐式消费"，的确在一定程度上反映了现代人活着的状态！人们像极了一个个陀螺，始终处于高速运转之下，闲不下来，慢不下来。人因而活得无暇欣赏生命旅途中那些曼妙的风景，活得浮躁不堪，活得如某位作家所言："灵魂已落下很远，找不到回家的路……"

正矛盾和郁结间，眼睛的余光，瞥见近旁一角那位体态饱满又红光满面的年约六旬的男士，正慢悠悠地进食。印象里，他应已大概超过了我就座的时间吧。他身边的顾客不知已换了几茬；而他，依然一边慢慢地咀嚼、吞咽，那眼神里写满了享受食物滋味的快意；一边还偶尔抬眼，望一望餐厅内众食客进食的景象。他那悠然自得而不为周围人所影响的神态，使得他瞧着犹如一位得道高人——身处攘攘红尘，却又超然于红尘上……

那一刻乃悟，快餐店内，一样可以吃出一份真正值得咀嚼、回味的"美食"——"慢生活"！

与城市亲密相拥

有一个地方,你应该常去

在高楼与高楼的簇拥之间,在街道与街道的交汇之中,城市,从它极其珍贵的有限空间里,辟出那么大一块空场,并往往配以亭阁、座椅、花树、喷泉,或健身设施,以及其他人文景观;只为广大市民提供无偿服务。这种地方,即称作"城市广场",是水泥丛林间弥足珍贵的开放空间。

身在一座城市,很多时候,人是被禁锢在钢筋混凝土铸成的建筑物内的。在如此逼仄封闭的空间里,待久了,难免会生出厌腻和烦闷来;同时,因人与人之间沟通与交流的缺乏,又会让挥之不去的寂寞与孤独感萦绕于心;兼之在快节奏与超负荷的生活与工作的双重压力下,还会催生出内心的种种焦虑与不安。

于是,我们不得不以时间和金钱为代价,或去城内茶馆、酒吧、咖啡屋、网吧、歌舞厅、影剧院……或到郊外甚至更远的地方旅行,以换得一时精神的放松、视野的拓展和更为广泛人际圈里的人与人间的互动。

其实,有一个地方,可以尽得"中庸之道"——它毋庸付费,亦不必有舟车劳顿的远行之苦和太多时间上的无谓浪费,便可以为你提供一方集休闲、娱乐、社交以及近似于"旅游"的多元时空。

这个地方,叫城市广场。这个地方,你应该常去。

在高楼与高楼的簇拥之间,在街道与街道的交汇之中,城市,从它极其珍贵的有限空间里,辟出那么大一块空场,并往往配以亭阁、座椅、花树、喷泉,或健身设施,以及其他人文景观;只为广大市民提供无偿服务。这种地方,即称作"城市广场",是水泥丛林间弥足珍贵的开放空间。这种"开放",具有多重含义。其一,它是免费的。其二,它向所有人敞开胸怀,无论身份、职业,也无论贫富、地位。其三,它是没有屋顶也没有四壁的露天场所——人在这里,可以仰望到城市天空中最旷阔的部分;即使周围也有高楼矗立,却只成为它陪衬的风景,而非"墙壁式"的禁锢。

言其休闲——广场的确不失为一个好去处。当你在建筑物的封闭空间里待闷了待烦了,来这里透透气,散散步,也散散心。在广场上转悠转悠,同时也活动活动筋骨。或者干脆找个地方坐下来,可以仰望头顶的天空,好好发上一阵呆;可以欣赏广场上,那喷泉的唯美舞蹈;可以缓缓移动目光,环视四围那繁华的街景……这般休闲时光,岂不美哉妙哉!

言其娱乐——广场同样是一个好去处。"广场舞"已成一种都市时尚。在如此开阔的空地上,和着富有节奏的音乐,与一大群人乘兴起舞,是封闭式歌舞厅里无法媲美的。或者放放风筝,打打羽毛球,弹弹吉他,唱唱歌,或者开展一些其他适宜的活动,都可以令人身心爽快,其乐陶陶。

言其社交——广场宛若都市里的开放会客厅。每一个人,都可以在这里聚上一阵子;无须约定,亦似约定。一起跳上一阵"广场舞",一起看上一阵喷泉,一起转上一阵展会……或者,和人侃上一阵子"大山",听人摆上一阵子"龙门阵",与人玩上一阵子扑克……哪怕是眼神间的近距离温柔对接,也可以如暖阳般,轻轻拂照到潜藏在都市人心中的那些冷漠与孤独。

言其旅游——广场真具有这样的服务功能的。旅游,就本质而言,无所谓距离的远近——大概只要离开私人居所,且以放松身心和开阔眼界为目的的出走,都应归于旅游之列吧,与距离无关。何况,如前所述,广场既已具备了休闲、娱乐、社交等功能,更加上附近有极具历史、文化、艺术气息的人文景观,则其当然为走出居室来此一游的人们,呈现出了一道道蔚为丰美的"旅游大餐"。

与城市亲密相拥

每当去异地城市旅游，每一座城市的中心广场，则是我必去之地。因为，那里常常浓缩了该座城市最深厚的精神内涵。北京的天安门广场，让我领略了祖国首都的庄严大气；成都的天府广场，让我领略了天府之国的丰足与恬怡；重庆的三峡广场，让我领略了巴渝文化的源远流长……

我所居住的这座三峡平湖之滨的万州城，也有几个颇具本土色彩的城市广场，如较早辟建的高笋塘广场、和平广场、心连心广场等，一直是市民们的天堂。而近些年新建的"移民广场"，因其空间开旷，且濒临浩浩长江，亦因其承载了轰轰烈烈的三峡移民的历史记忆，而为广大市民所青睐。我自然也是那里的常客。

当又一次和众多市民一道，漫步于移民广场，在飒爽江风吹拂里，眺望浩浩江水悠悠流淌，放眼宽阔的滨江大道，车流如织，不禁心生感慨：水泥丛林包裹下的都市生活里，因为有了这一方广场，才有了一份暖柔的质感，一份舒展的闲适，和一份活着的惬意！

但愿每个人的内心，也能辟有这样一方广场……

你好，书报亭

在这里，在这人来车往的马路边，周遭是炫目的都市色彩，四下是喧杂的尘世声响；这个书报亭，却兀自矗立成一座"精神的高原"……

"你好——"当我又一次穿过重重高楼间隙，越过条条街道阻隔，赴约一般来到闹市中这个书报亭前时，人还未站定，便如见老朋友似的，向着亭内的老板含笑招呼——其实，这声招呼，也是打给书报亭的。

这个书报亭，位于本城最热闹的街道一隅，已存在了多年之久。它精致的躯壳里面，含纳着散发阵阵墨香的各色封面的书报。多少年来，它宛若呈现于往来行人眼里的一道精神盛宴，也似镌刻于都市肌体上的一道文化符号——是繁华都市里不可或缺的一种别样风景！面前的这位与我年纪相仿的中年老板，据他称，自他从上一个老板手里接过书报亭，他已在此度过了三千多个日子。

由于我素来有光顾书报亭的习惯，加上这位老板亦有读书看报的癖好，从初时的相遇于此，我们便彼此颇觉"投缘"。时日渐久，这里竟成了我上街时的一处必至之地。无论多忙，我都会抽出时间，来这里站上一阵，就像赴一场"美丽的约会"。

在这里，在这人来车往的马路边，周遭是炫目的都市色彩，四下是喧杂的尘世声响；这个书报亭，却兀自矗立成一座"精神的高原"……很悠然地一页页翻阅那墨香沁脾的文字，所有的炫目和喧杂，都在一时间，悄然退隐到渺远的低处。心底的浮躁和杂念，一点一点沉淀下来；身边行人匆促的脚步，以及车辆飞转的轮子，也仿佛镜头慢放式地，变得慢下来了……小小一个书报亭，真个创造了"偷得浮生一时闲"的无上妙境！

而和老板的神侃，更为此刻的约会"锦上添花"。当然，开侃的话题，基本源于眼前的书报阅读，可以是其中的一本书、一份报纸、一期刊物，抑或书报中的一篇、一段、一句。两个人便常常"借题发挥"，天马行空地侃开去，侃文学、侃写作；更侃及社会、家庭、人生、做人、处世，以及这个时代的各类"热门"……我们几乎无话不谈，且因见解上颇有"英雄所见略同"之处，所以每每谈得很是"投机"。

　　后来，我们也自然谈到了关乎书报亭之事。三千多个日子里，他与书报亭"相濡以沫"。无论雨晴寒暑，他都始终如一地和书报亭相守一处——忍受着耳畔不时响起的刺耳车笛声；忍受着空气里时时弥漫着的汽车尾气和行人口里不断呼出的"二手烟"；忍受着日复一日的枯燥的站立。但，每当有顾客光临，他便觉得所有的忍受都是值得的——尤其在以往"书报热"的那些日子！可是，而今，随着人们对纸质阅读的日渐冷淡，书报亭的生意，也一年不如一年。这一点，我用眼睛得到了验证。城内原本星罗棋布的书报亭，如今数量明显减少。即使有些书报亭暂时存在着，书报亭老板们为了维持生计，不得不搞"多种经营"——只在亭前象征性地，摆列了稀稀疏疏的若许书报；更多的位置，则让给了各种好卖的小商品。"书报亭将日益'边缘化'，说不定哪一天会最终遁迹于茫茫都市……"他"预言式"地，幽幽说出了这样的话。

　　我心下微微一惊！一股抑制不住的惆怅阵阵袭来。是啊，纵使这处书报亭占有"地利"之便，却也只是偶尔看见熙来攘往的行人，能停下他匆匆的脚步，在亭子前站上一站。我还真担心，他的话，会有应验之期——我们彼此间的美丽约会，会不复继续；而这里，也再无"精神高原"的矗立，只唯余了炫目与喧杂。若如此，重游故地，会是一种何等的荒凉！

　　但我依然固执地希望，经年以后，白发苍苍的我，赴约一般来到此处时，依然能见到同样白发满头的老板，和他的这个摆满书报的亭子——然后，我依然能含笑打上一声招呼"你好——"

天桥上的精神小憩

我像一位刚从湍急且窒闷的河流中稍稍露出头和脸来呼吸的泳者——虽然我依然半身寄于水下,我却至少有幸得以片刻的喘息与小憩!我伫立于天桥,恍若乘于龙身;一颗久受压抑的心,半翔于茫茫都市、攘攘红尘之上……

穿过熙熙攘攘的人潮,越过车流如织的斑马线,继续在拥挤与喧嚣中,向着城市的纵深处走去。

来到一处横空架起的人行天桥脚下。

天桥不算太高,其主体离地不过数米,稍稍抬头便可望见。但见那钢筋混凝土铸就的天桥躯干,宛若半空横卧着的一条巨龙,几分威武,几分气派。

要上天桥,须登攀面前那一坡扶摇直上的若干级石梯。按以往习惯,一般不甚情愿费些脚力去登攀那一坡石梯,而宁愿冒着与车流抢道的风险,径直穿越马路。

今天,于天桥下仰望片刻,忽然就有了上去走走站站的愿望!

于是,一抬足,便一步步拾级而上。

到得天桥上,刚一站定,便似乎立即有了几分与下面大街上不一样的感受。首先是一阵微风拂面,真实的风。混身于车流人潮中时,为何就没怎么觉察这风的存在呢?然后是有了一份俯视的欣喜——尽管天桥距离地面仅有数米之遥,但毕竟有了那一段难得的相对高度,便有了若许超然红尘的飘逸与洒脱!

暂停了在街市上匆匆穿越的脚步,伫立于这横卧如龙的天桥之上。以略略俯视的姿态,望向下边。忽然发现,那人潮,那车流,那繁忙的街道，与我竟有了几分遥远，几分生疏。在这一刻，我仿佛成了一个局外看客。虽然，那下边我依然可以几乎触手可及；虽然，那下边一直是我熟悉的生活；虽然，刚才我还在下边拥挤的人潮中感受拥挤，在堵塞的车流中感受堵塞，在繁杂的喧嚣中感受繁杂……我像一位刚从湍急且窒闷的河流中稍稍露出头和脸来呼吸的泳者——虽然我依然半身寄于水下，我却至少有幸得以片刻的喘息与小憩！我伫立于天桥，恍若乘于龙身；一颗久受压抑的心，半翔于茫茫都市、攘攘红尘之上……

我悠然在天桥上走着。尽管身边也有来来往往的过客，可毕竟因了这一段难得的相对高度，不只让我避开了与车流擦身的风险，更让我获得了一时的精神的小憩与灵魂的放风。

生活中，有时就只需那么一次小小的登高，你就可以拥有一段憩息灵魂的相对高度。

第三辑 城市乾坤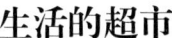

生活的超市

这家安放于都市核心地带的生活超市,提供的是接近全方位的日常生活之需,诠释的是虽平淡琐屑却丰足无缺的生活境遇。

欣欣然拎一购物袋,随众顾客一道,步入城中那家大商场。

坐电梯,下到负一楼。稍一抬首处,生活超市的门牌赫然入目!

生活超市,温暖又充满烟火味儿的字眼。日常里,此地自然是最爱光顾之所。

一抬足,便跨进其间,一股微醺的气息,扑面而来。

心,溢满了温馨。轻移双足,在那一处处琳琅满目的货架边流连、选购。

这里,有带着雨水记忆的新鲜蔬菜和瓜果;有散发阳光味道的大米和其他五谷;有飘溢着醇浓香气的腊肉和烤鸭;有等级不同的各类食用油;有五花八门的调味品……看着、选着的时候,仿佛看见它们正一样样飞入自家厨房;然后,被我和爱人一道,做成丰盛的饭菜。

这里,有价格不一的肥皂和香皂;有品牌有别的洗发液和沐浴露;有规格各异的牙膏、牙刷、漱口杯;有洗脸用的各色圆盆、巾帕;有男士用的各型电动剃须刀;有女士用的各种贴心用品等……看着、选着的时候,仿佛看见它们正一件件飞入自家屋内;然后,为我和家人,提供最清洁、舒适的生活细节服务。

这里还有……

总而言之,本城最大商场的这家生活超市,几乎囊括了我们日常生活里的所有必需用品。品种之齐全，品质之良好，令人眼花缭乱，应接不暇。

在此间流连、选购的顾客们，应该大都如我一样，内心溢满了温馨吧。不信，且看他们那云淡风轻的微笑里，掩饰不住的是寻常烟火日子里的幸福与满足！

这家安放于都市核心地带的生活超市，提供的是接近全方位的日常生活之需，诠释的是虽平淡琐屑却丰足无缺的生活境遇。

可是，并不是每一个人，都能拥有这样的生活境遇。你必须有一种敢于追求幸福的勇气，一份善于经营生活的智慧，和如超市一般丰盈而暖意长存的内心。

城市的天空

每每抬头仰望，很难望到一方稍显完美的天空。被日益彰显的"高度"与"密度"合力雕刻了的天空，是越来越严重趋于"变形"的天空……

在上当似的无奈与愤懑之中，眼睁睁望着几幢数十层高的楼房，在居室前方的那块空地上，一天一天地扶摇直上，那么莽撞地巍然矗立；硬生生将一片原本还瞅得见的天空，几乎遮蔽得严严实实！

曾几何时，城市化的浪潮，在中国大地汹涌开来。许许多多钱袋子慢慢鼓起来的乡下人，经不起城市现代文明的诱惑，积极响应这一伟大时代的号召，纷纷离开祖辈曾赖以生存的那片乡土，赶趟儿似的，往城里涌来……

几年前，我携妻带子，也趁着时下的进城热潮，动用多年积蓄，在如今居住的这座三峡平湖之滨的城市，购了一套房。居室在第七层，该栋楼共八层，位于一处公共车站附近，离市中心也不远，出行方便；更主要的是，当时看房时，楼房周围的几栋建筑都不算高；而且，居室阳台前方留有一片空地，这使得视野还比较开阔，还能望见上面那一片弥足珍贵的天空。我是一个喜欢望天的人——这是在乡下多年以来养成的习惯。在即将拍板成交之际，我试探性地问售楼小姐：这块空地还建房吗？售楼小姐很随意地答：不建，可能要修一座公园。我闻言甚喜，遂一锤定音！

谁料，那块空地上，最终没有变成公园——而是几幢电梯房齐刷刷拔地而起，高高地阻挡在我们居室的前方。

我在城里转了一圈。我清楚地看见，这座发展中的地级城市，

与城市亲密相拥

正以高涨的热情和浩荡的声势,轰轰烈烈地进行着楼房的改建和扩建,且方兴未艾。总结起来,有两大特色——足够的高度和密度。以前的那些旧楼房,基本是几层高的;拆除改建后,统统变成了数十层高的电梯房——此为高度也,换种说法叫"向空中发展",地产商们的得意之作啊!曾经那些还零星分布在城里各个角落的空地,都基本被一处处开发出来,见缝插针似的建起了一幢幢高楼——此为密度也,充分体现着城里的土地金贵,"寸土寸金"啊!

眼前这"高度"和"密度"的催生力量,有两大方面。一方面,市政府要实现"打造容纳百万人口的新都市"的更高目标,迎合中国城市化的大进程;另一方面,地产商们要追求最大限度的经济效益,实现合法框架下运作的财富梦想。简言之,"功"与"利"的默契式结合,共同促成了这座城市的空前一时的"造楼运动"。而面对四面八方蜂拥而来的进城购房大军,在向外延扩展城区的同时,强化原主城区的"高度"与"密度",以缓解商品房供与求的矛盾,似乎倒也在情理之中!

可是,住在这样越来越强化"高度"与"密度"的城市里,居者会是一种怎样的感受呢?正如我,有幸在这座都市里赢得了一方居室,却不幸失去了曾在乡下时拥有的一方诗意的天空!

在乡下老房子居住时,由于居室周围没有擎天柱似的高楼,比邻的基本是低矮的平房,只须从窗户里伸出头望上去,或者跨出门放眼望,便可望见头顶上那一片舒展而旷阔的天空。于是,可以望见宽广的天幕上,一轮太阳光芒万丈,浮云悠悠恣意飘浮,鸟儿振翅自由翱翔,十五之夜明月如镜;或者,满天星斗华彩熠熠;或者,一条彩虹横亘长空;或者,漫天雪花纷纷扬扬……恁般诗意的天空,怎不让人怀念?

而眼下呢?情形有天壤之别!从居室阳台努力抬头仰望,却奈何望不过那矗立于眼前的几幢高楼,也便望不见一方完整的天空——只在楼与楼的咫尺间隙里,依稀可窥见被楼房坚硬的棱角无情而莽撞地分割成的几小块狭窄且丑陋的天空；心底便屡屡升起一种深深的压抑与莫名的惆怅。此时此地，是无法欣赏到乡下天空那般诗意的舒展与旷阔之美的！少时读书时，曾为"坐井观天"的青蛙唏嘘感叹；可如今的我，怕是连那"井底之蛙"都不如了——至少，那井底之蛙观望到的天空，还是如井口一般的完整呵！乡下老家的父亲，有时被我好不容易请动"大驾"接到这里来小住。待不上两日，父亲便总急着要回家。父亲说，抬头望不到天，他心里憋得慌——耕种为生数十载、靠天吃饭的父亲，对头顶那方天空，有着何其深厚的情结，亦可说叫"膜拜"！他又如何肯轻易离开那方天空呢！

在城区里闲逛，每每抬头仰望，很难望到一方稍显完美的天空。被日益彰显的"高度"与"密度"合力雕刻了的天空，是越来越严重趋于"变形"的天空——或逼仄，或狭小，或畸形，或残缺不堪……

而在如此"变形"的天空下，一同被雕刻的，首先是人的心境：逼仄，压抑，不甚宽广；觉着处处都令人窒息。自打进城以来，为纾解心怀，我常常走出户外，要么到滨江大道的江畔散步，要么到城头的山上登高，要么索性回乡下老家待上几日——只为能在这些视野相对开阔的地方，望望头上的那方相对开阔的天空！在如此逼仄的天空下蜗居日久，我总需不断排遣胸中的烦懑与惆怅。我常常看见，同楼的那位从乡下移居进城的老汉，总爱独自坐在居室楼下的一张石椅上，望着头顶那被高楼围成的一小块天空，傻傻地发呆，抑或轻轻地叹息……

其次，被雕刻的，是邻里关系：封闭，尴尬，不甚亲融。人与人之间，各自城府幽深，不愿轻易敞开心扉；就连门对门居住的近邻，也基本不相识，更不相交，整日被各自紧闭的防盗门隔成天涯，成了"相见不相识"的最熟悉的陌生人。居此虽已有七八个年头，我们同楼的住户，至今没有几人能彼此熟悉。乡下居住时，邻里间可亲热得很，门一般都向彼此开放，串门更是家常便饭。那种开放式的关系，恰似乡下的天空，豁朗而又圆融，让大家亲如一家。

还有，被雕刻的，是人心。城里人的心，就像被高楼分割变形的天空，千奇百怪，诡秘曲奥，叫人难以琢磨。城里人多，人际关系复杂，处处皆江湖。生活在其中的人，随时都可能不得不应付各种各样的事情；有时处理不当，甚至会招致麻烦或者祸患。复杂多变的生活，也复杂着城里人的心。不像乡下人，因民风淳朴，无须应对过于复杂的世事，而使得人心相对简单质朴，宽和坦诚，一如头顶上那一片自然而本真的天空。我虽身居城里已有数年，却还不善于也怯于与同城人打交道；秉性木讷的我，只适合与淳朴的乡亲交往。所以，我常常回乡下老家走走——一则可看看年事渐高的父母，二则可会会淳朴的乡亲，三则亦可望望那方旷阔而舒展的诗意的天空以一展胸怀，可谓"一举而三得"！

被雕刻的，更有城中人不堪的生存状态。随着进城热的不断升温，人满为患的窘境逐日凸显，生存竞争也渐成短兵相接。想起某位作家的一段感言："我告别生我养我的小村庄30年，像一只无名小鸟在城市的狭缝里觅食、生存。那被楼群分割得有棱有角的天空，时常让我感到惶恐和迷惑……"是呵，从乡下入住城里，改变的何止是曾经的居住环境，更是不曾体验过的生存竞争的艰难以及伴生的心理的不适应呵！拥有正式事业单位编制而一直以教书为业的我，暂时还算工作稳定。其他进城来的乡亲们呢？他们在掏空积蓄、购得一套城里的居室后，却又不得不为争得一份谋生的岗位，或者可说叫"一席立足之地"而辛苦不休。商场营业员、物业保安、餐馆洗碗工、家政服务员、街头环卫工，甚至下苦力的挑扁担者、为人不屑的拾荒者，他们大都从事着城里相对卑微的职业，而此类职业，大多比较辛苦。随我们一道进城来的叔伯一家，几年来，频繁地变换着职业——失业、求职，再失业、再求职……他们正像一窝辛苦地扑腾着翅膀的无名的鸟儿，在城市的狭缝里，辛苦地觅食生存！我亲眼目睹两个挑扁担者，为同时争夺一份眼前的活计，竟不惜肢体相搏！

诀别乡土,到城里定居,以享受现代文明、领略都市繁华,这本是当下大多乡下进城者的初衷,或者说一种生活理想。而一旦真正融入"高度"与"密度"空前强化的城市,在逐日感受了居住环境的逼仄与局促,以及生存竞争的残酷与无奈后,恐怕"遭罪感"会超过"舒适感"吧!

可现实却是这样——仍有无数的乡亲,正源源不断地进城来购房、定居、生存、生活;城市的"高度"与"密度"仍在继续强化;而城市的"长度"与"宽度"也在同步向外延拓展!我担心,不久的将来,暂时还保留在外围乡下的那一片舒展而旷阔的诗意的天空,会被那陆续矗立的水泥丛林,一寸寸侵占,而最终围成一块块逼仄且变形的天空……

与城市亲密相拥

好一方阳台

这一方略呈弧形的阳台，像一扇羽翼，凌驾于半空，洒脱而飘逸。站在阳台上，可以沐浴阳光，可以吸纳空气。这一方阳台，之于我们，不啻一处难得的"风水宝地"。

从乡下迁入城里，除了必要的家什以外，丢掉了不少视作累赘之物——估计与城市风格不相融合的东西；但，有三件宝贝，却被我们不辞辛苦带到了城里购置的新家中：一盆芦荟，两盆铁树。过惯了乡下那种开放清新的环境，我们在当初选房时，曾力求想选得一套带有天台的顶层。可这样的房子，在城里总是紧俏货，一般早被人家捷足先登而"名花有主"。最后，我们仍然做了较佳选择：购了一套带有外置阳台的第七层房子！

这一方略呈弧形的阳台，像一扇羽翼，凌驾于半空，洒脱而飘逸。站在阳台上，可以沐浴阳光，可以吸纳空气。这一方阳台，之于我们，不啻一处难得的"风水宝地"。

有了这方阳台，我们遂构思着如何来彰显它的价值。伊始，我们打算在阳台上设计一座"有山有水"的假山。但听人说，假山做成后，怕有渗水之弊，影响与楼下邻居的和谐相处，我们只得把这个计划取消。

我们于是另辟蹊径。

住到城里，目之所及，大都只是钢筋混凝土的世界；因着对乡下那种碧草茵茵，树木葱茏景色的怀念，我们考虑要用绿色理念，来修饰这一方阳台。

作为绿色理念的携带者，那盆芦荟和两盆铁树，率先入驻阳台空间。虽然两株铁树在搬家时为便于移动，而被修剪了枝叶，只剩下两个光秃秃的树根；可我们相信，不久，它们就会重新发芽，长出倒置伞一样的枝叶——正如刚刚融入这座城市的我们，会逐渐地生出新的希望，并开拓出属于我们的生活空间！

嫌绿色不够充足，我特地回了乡下老家，扯了两株茂盛的万年青，带回到这方阳台；然后，把它们植入买来的两只陶盆里。有了万年青的加盟，这方阳台上的绿色，才总算有了一定"声势"。

"如果能再搁上几盆花，这阳台就更漂亮了。"素来爱美的妻子，恰到好处地进一步提议。我闻言，击掌赞同。一旁的儿子，也拍手称快。

我带上妻儿，一起去了花市。但在经过一番精心的选择后，分别买了几只熟料花桶，几只用来盛桶的托盘；时值深秋，鲜花品种不是太多，我们暂时选了两株菊花：一株素白，一株金黄。

我们一家三口拎花的拎花，提桶的提桶，拿盘的拿盘；一路浩浩荡荡，打道回府。

回到阳台，我们放下手中的东西。但马上又意识到："万事俱备，只欠东风。"要植花入桶，还需泥土。谈及泥土，若在乡下，应属极为普通之物；而在城里，倒成了稀罕。环顾四周，真是一土难求啊！趁着对阳台"建设"般的热情，我们再次全家总动员，拎上塑料袋，去了城郊一处荒坡，抠挖了几大袋润湿的泥土；而后，不顾手指负重的酸麻，一鼓作气，回到七层楼上的阳台。我们很快便让两株菊花在花桶中亭亭玉立。微风拂过，花枝轻颤，缕缕芳馨，扑鼻而入，算是对我们这一番辛苦的最好抚慰！

后来，为了保证四时都有花开，我们陆续增添了几种其他花种，使这方阳台，成了"鲜花盛开的地方"。芦荟和万年青一直绿得可爱，两棵铁树也终于长得蓬蓬勃勃！于是，这一方阳台，便成了我们居所最有魅力的地方，也成了我们恋家的最好理由。当我们带着一身的疲惫，从纷繁喧嚣的街市归来，回到家中，关上房门，便会信步来到阳台。置身于这方寸阳台，感受的却是无限的怡然与温馨：目光虽无法穿透周围那重重叠叠的高楼的阻碍，因着这一隅弥足珍贵的绿色与花香，思绪却可以天马行空，跨越时空与现实，驰骋于无际与无涯；而灵魂深处，也便常留了一份润泽的绿意，常存了一缕素淡的幽香！在感叹城市生活的空间狭小与闭塞之际，这一方阳台，却为我们创造了奇迹——每当夜色降临，在高楼的灯光与天空的星光的交相辉映下，这一方阳台犹如尘世间一处如梦如幻的仙境！掇一把躺椅，陶醉其间：浮躁的心灵，便渐渐归于宁静；俗世的烦忧，便一点点烟云般消散……

当我们在浮华的城市里无所适从，抑或在残酷的现实竞争中遭受创伤，我们便会回到自己的家，回到这一方阳台——这里，竟成了我们心灵栖息的港湾！

在熙攘都市里，能拥有这样一方阳台——夫复何求？！

第四辑
城市众生

无论城市生活节奏有多快,总有一些人,懂得忙里偷闲,享受一段惬意时光……

与城市亲密相拥

一个城里人的一天

微暖的灯光下,精致的餐桌边,夫妻俩脸上洋溢着幸福的笑容,一边极享受地咀嚼着饭菜,一边聊着有意思的话儿。饭菜有味,渗入了爱情的日子,更有味呢!这般美好的时刻,是快节奏的都市生活里,最抒情的刹那……

1

黎明时分。时青被床头设定的闹铃声,从梦中唤醒。有时,他也会被楼下车库骤然响起的鸣笛声,或者路边赶大早走路的行人的喧哗声,鲁莽地闹醒。

稍稍几下挣扎,时青从床上鲤鱼打挺般弹起,便下了床来。穿衣,梳头,剃须,刷牙……一连串动作,单调却熟练。到阳台,伸伸腰,打打呵欠,让清晨里最新鲜的风,彻底抚醒休眠了一夜的大脑。一缕朝阳,正从高楼围成的空隙间漏射而下,落在时青犹有几分睡意的脸上。这一刻,他感受到了一丝微暖的抚摸。

一天的序幕,就这样拉开,一如既往,日日月月,平淡而有序。

时青在一家商贸公司上班。收入还不错,只是工作节奏较快,工作压力也较大。在机关单位就职的妻子晓慧,这几天在外出差,估计即日当归。小夫妻结婚不到两年,计划暂时不要孩子,先为职位的升迁忙上几载再说。

时青带好手机、公文包,关了门,几步跨到不远处的电梯门边。那里,正有同楼的几位邻居站着等电梯门开。时青朝他们淡淡一笑,算作招呼。他们或也报之以淡淡一笑,或面无表情。电梯门开,几个人一同跨了进去,然后静静地挤着站在一起。

很快，时青乘电梯下到地面。他先进小区内那家熟悉的早餐店，点了一碗热腾腾、香喷喷的牛肉面；埋下头去，一阵风卷残云，呼啦呼啦地送进肚去，时青顿觉浑身精神倍增！有时，起床晚了点，他是来不及如此享受这碗足以填补一夜肚腹空虚的面条的；至多在路边匆忙购上一块油炸面饼，就着一袋豆浆，一边开车一边胡乱塞入腹内……

2

城里交通的早高峰时段，总是最能呈现一座城市的繁忙面貌的。各种各样的大小车辆，都赶趟儿似的，凑到一起，在特定时空里，重复上演着经年不变的镜头——挤着，跟着，赶着，跑着……

时青开着车，在茫茫车海里小鱼儿一般游弋着。他对自己的驾驶技术，素来较为自信；通往单位的所有路段，包括哪有拐角、哪处是红绿灯，他都可说了如指掌。若路上不出意外，只需约半小时即可抵达单位。

最大的意外，莫过于——堵车，这道城市交通的顽疾！真是怕什么来什么。时青的车开出不到五分钟，前面原本流畅如水的车流，骤然停滞不前！

时青无奈地枯坐于车内。随时发生的堵车，已让他习以为常，着急也无济于事；只是不知要堵上多久。上班迟到，不但要挨上司的批评，这个月的全勤奖自然也泡汤了，还会让一天的心情大打折扣！

还好，不消片刻，车流恢复流畅如前。时青略舒了一口气，提了点车速，一路疾奔。

车开到那幢巍然矗立的"海天国际商贸大厦"跟前，时青刹住车，打开车门，从里面钻出来。稍一站定，他习惯性地整了整衣角，扯了扯领带，拂了拂头发；然后，挟着那只精致的真皮公文包，精神抖擞地走向大厦门厅。他一边走，一边不失风度地和身边的同事们打着招呼。

时青迈步登上二楼，那是他办公的地方。他朝邻座的同事张杰问了声"早上好"，而后一屁股坐到自己的办公桌边，开始了一天的工作。

3

时青负责处理单位的各类文件的诸如下载、分析、拟写、传达等事务。因单位业务较多，时青一天的任务，便相应比较繁杂。从早上八点直至中午十二点，他几乎一直粘在那里，像被孙大圣使了"定身法"。今天的文件，不知咋的，其数量与难度系数，皆又胜于从前。

午间，他只在单位附近的餐馆，随便吃了顿快餐；回到办公楼，打了阵盹儿，又继续埋头处理起面前那一大叠让一般人见着都心怵的文件来。时青忙得真个是"暗无天日"。及至下午下班时间，犹留了几份最棘手的文件未作处理。时青太了解上司秦老总的脾气啦——无论咋样，当天的文件，必须于次日一早便得由他亲手呈送上去交差，否则便会被视作"不称职"而轻则受其贬责，重则被扣当月奖金，甚至影响职位的升迁……

时青叹口气，将文件叠好，装入公文包；才慢慢起身，最后一个走出了大厦。今晚又得回家里熬夜加班了，时青心中苦笑了一下。走出大厦的时候，一阵凉风迎面吹来，时青略略感受到了一丝轻松；但，只是身体上的。

时青开着车，又穿行于滚滚车流里。

因为是回家，随着车程的缩短，时青心底的温馨感，一点点叠加。刚才，晓慧打来电话，告诉他她已出差归来，正在家里下厨做饭，等着他一道共进晚餐呢，并叫他不必再去菜市场买菜了。

时青是大伙公认的"暖男"，是个"上得厅堂下得厨房"的模范男人。他对晓慧体贴有加，因有一手好厨艺，他喜欢在下午下班后，先去菜市场买菜，再回家亲自下厨。当然，晓慧也常常会陪着他一道做饭。"夫唱妇随"式的恩爱，总会让一顿晚饭——城里上班族最丰盛的正餐，吃得有滋有味，幸福甜蜜。

4

时青还是去了菜市场。他尤爱在那种挤攘与喧哗里，一边嗅闻那股尘世间暖烘烘的气息，一边享受视觉盛宴一般，在各处菜摊前逛上一圈，看红番茄、白萝卜、青辣椒、紫茄子……大自然久违的气息，扑鼻而来——一时间，竟覆盖了水泥丛林令人生厌的味儿……

时青精心挑选了他和晓慧最爱吃的两三样菜蔬，另买了一只香喷喷、油腻腻的卤烤鸭。他寻思着，今晚的这顿饭，一定要尽可能地丰美一些，一来为爱妻接风洗尘，二来补偿一下今日因太过繁重的工作任务而带来的身心之苦。

时青拎着菜，叩开了家门。晓慧笑盈盈迎入屋内。

时青和晓慧一起走进了厨房。夫妻同心，在锅碗瓢盆的交响乐里，在灶台上的热气与香气的氤氲里，他们感受着人间烟火日子里的恬淡与惬意。

饭菜做好后，二人凑坐在一块儿。小别胜新婚。微暖的灯光下，精致的餐桌边，夫妻俩脸上洋溢着幸福的笑容，一边极享受地咀嚼着饭菜，一边聊着有意思的话儿。饭菜有味，渗入了爱情的日子，更有味呢！这般美好的时刻，是快节奏的都市生活里，最抒情的刹那……

吃过晚饭，尽管还有烦人的文件亟待处理，时青却依然下了决心，陪妻子上街，为她买一套称心的服装，以体现一个都市男人的情调吧。

晓慧小鸟依人一般，与时青手挽手，出门而去。

5

  时青驾着小车,特意放慢车速,悠然行驶在灯火璀璨的大街上。都市之美,尤以此刻最为彰显;灯火璀璨,是人类文明呈献给城里生活的人们一道最丰美的视觉大餐。晓慧半倚着时青的臂膀,一双好看的眸子,出神地打量着视野里扑面而来的绚烂灯火。时青娴熟地操纵着方向盘,眼睛的余光,也不失时机地欣赏着大街上的迷人灯火;或者,偶尔瞥瞥身边紧偎着的爱妻,他几乎陶醉在这一良辰美景里。白日里所有的焦虑与浮躁,都渐渐地消融殆尽……

  兜游了几条大街后,时青将车子停靠于本城最大商城门外。

  时青和晓慧比肩携手,走向金碧辉煌的商城一楼。这里风景正好。男男女女,进进出出,门庭若市,热闹非凡。该楼层各处柜台里展售的是首饰、化妆品、手表等小巧精致类商品。此刻的晓慧,腕上戴着的进口手表,项间吊着的黄金项链,都是在她的生日和情人节,时青分别以爱之名,不惜一掷千金,为她在此处购买的。柜台里的服务小姐们,大都认得这对气质优雅大方的年轻夫妇,是该商城的常客。迎面而过时,他们如见故人一般,冲这对夫妇莞尔一笑。

  时青和晓慧乘坐手扶式电梯,到了三楼。该楼是女性服装的世界。顺应此时的初秋季节,展售的都是不同款式、各种色泽、档次不一的秋装,看着简直让人眼花缭乱,却又弥漫着女人的风韵。

  晓慧天生丽质,身材窈窕,无论什么样的服装,穿在身上,都能尽显其妩媚风情。可女性爱挑的天性,使得晓慧还是想尽可能地选得她心仪的服装;时青也希望自己的爱妻收获最大的满意。至于钱嘛,他兜里揣了银行卡。收入还算丰厚的自己,应该可以最大限度地满足爱妻的爱美之心吧。

  时青耐心地陪着晓慧,辗转穿梭于各处服装专区,从色泽、面料、款式到价位,他们都作了精心对比。更重要的是,但凡晓慧第一眼看中的服装,总要试穿上身后,模特一般在屋内走上几步,让一旁的时青当"参谋"。

终于,当一件浅黛色旗袍,穿在晓慧玲珑有致的身体上,风情旖旎地从试衣间走出来时,时青登时两眼放光,禁不住把手轻轻一拍:"成——"

6

时青开着车,欣欣然,又在一路灯火璀璨里,返回了居住小区。

时青刚进家门,手机铃声响起——是同事张杰打来邀约他出去唱歌的。时间已是夜里10点多。微微迟疑着,他本想坐下来,赶着把那几份文件处理完。可电话那头催得急啊,不去嘛,时青难拂其情面。也罢,权且将就着再去唱一次歌吧,谁叫自己一直是大伙儿心目中的"草根歌王"呢。想想这些年来,城里多少家KTV里,没有留下他动人的歌声啊……

时青跟晓慧打了声招呼,便再度出门而去。晓慧只在他背后柔柔地追了一句:"可记得早点回家啊——"

时青开着车,到了电话中约定的歌城。此刻,这里的霓虹灯,正闪烁着梦幻的光彩。

时青进到里面。一股熟悉且时尚的气息,訇訇然扑鼻而来。各处KTV包房里,大家正唱得如火如荼,时青似乎隐隐感觉到,整个歌城的屋宇都在微微颤抖!一位身材高挑的女服务员,彬彬有礼地将时青领到同事们所在的包房。

时青进到包房,见到一帮男女同事,在迷离的灯光里,正一边喝着饮料嗑着瓜子,一边抢麦克风近乎疯狂地唱歌呢。

时青的加盟,自然很快将唱歌的氛围推向高潮。大伙儿拥在一屋里,恣情地唱啊,乐啊,恣情地释放着生命的热力,也恣情地享受着都市夜生活的浪漫……

一帮年龄相仿又趣味相投的年轻男女,意犹未尽地走出歌城时,已是凌晨零点。有人提议,去吃烤鱼,以补充一下唱歌消耗的能量。大家一拍即合。

于是,一行人轻车熟路,笑着闹着,在满城灯火里,直奔城里最有人气的美食街而来。

美食街上,灯火正辉煌。空气里,飘逸着熏人欲醉的各类美食的香气。众食客或三两凑搭,或一群聚合,正围坐于各处美食摊(店)前,大快朵颐。已然静下来的城市时空里,仿佛唯剩了一群生物泛滥的咀嚼声……

时青他们在一处生意特旺的烤鱼大排档前,热闹地围成了一桌。香喷喷的烤鱼很快上桌来。时青胃口大开,毫不客气地海吃起来。同事们吃着烤鱼,喝着夜啤;开车的,就喝饮料。大家敞开了肚皮,吃着喝着,还不时地碰杯、划拳,讲着笑话。

虽是凌晨时分,夜宵生意,却依然方兴未艾。众食客也在与美食的缠绵缱绻里,表达着与一座城市的水乳交融的情怀。

时光在舌尖的曼妙舞蹈里,悄然流逝。待到时青他们吃饱喝足,起座离去时,已过凌晨两点。

时青开着车,终于回到了他所居住的小区。一抬头,高高的楼上,那处熟悉的窗前,那盏熟悉的灯,果如既往般,依然亮着,像一双凝望他归来的眼睛。时青心头油然升起一股温暖与感动。

时青叩开家门时,晓慧一袭睡衣出现在门内,一脸的睡意缱绻。时青满含歉意地说了声:"抱歉——"而后轻步入内。晓慧略带娇嗔地,用纤纤玉指在他额头上轻轻敲了一下:"只要你回家就行啦。"时青已记不清这是多少次,自己的晚归,将晓慧从睡梦里惊醒了。

进了屋,时青赶紧洗漱完毕;然后,自觉坐到书房,按亮台灯,从公文包里摸出了那几份文件,埋头沉入其中。

少顷,一杯飘逸着浓浓香气的咖啡,无声无息地搁在了时青的案桌边;接着,听到身后晓慧轻移脚步回卧室的声响。

台灯淡淡的光照里，咖啡馥郁的香气里，时青一边在心底自嘲，没有节制的欢娱，所付出的代价是，一个不眠之夜；一边感受着如咖啡一般浓郁的幸福——能得一如此贴心又善包容的爱人，此生没有白活一场。他也相信，这份植根于浩瀚都市里的纯真而坚固的爱情，足以陪伴他，穿越尘世间的迷雾与荆棘，安然走过长长的一生……

从衣食住行看都市众生

纵观都市众生的衣食住行,毫不讳言地说,自然而然地将人们划分为了不同类型,赫然矗立起一座"都市金字塔"。尽管这其中也有一些思想观念差异的存在,但,经济实力和社会地位的判然有别,则是"都市金字塔"的主体呈现。

茫茫都市里,芸芸众生,究竟各自怎样活着呢?其实,从衣食住行的千差万别里,便可窥见人们活着的真实,或者叫人生百态。

衣

一类人,对衣着的要求不高,不求其"好",但求其能"蔽体"。过去年月,他们估计能将补丁衣服穿上街去;而今,虽无补丁,也不过是最廉价、最黯淡的劣等布料或拙陋款式;穿在身上,权作一个人的最基本附体之物——遮羞、保暖而已。这类人,大多生活在都市底层,其生存原已艰辛坎坷,哪有过多的财力或心情,为自己的肉身,配以更够档次的衣服呢?常看见街头有些乞丐,衣着褴褛,甚至不能蔽体!

当然,也偶有报道称,某些富人,或为体验一下底层市民的生活,或纯为赚公众眼球"作秀",也会穿极差的衣服上街头。

一类人,衣着比较朴素、随意,不算拙陋,也不够档次,不得罪观众,亦无赚人眼球之意。这类人,大多为收入比较平平,且地位一般的市民阶层。年龄构成,又以中老年为主,他们一方面生存虽无太大压力,但也并无太多闲钱购置上档次的衣物;另一方面虽不至于衣着邋遢如贫贱一族，但也并无多少"爱美之心"去讲究打扮自己。

当然，也有官员商贾中做人"低调"者，在衣着上亦不追求"特别"而偏爱朴素。

一类人，热衷于衣着上的新潮打扮，与时俱进。他们执有的是"人靠衣装马靠鞍"的观念，努力通过光鲜的着装，来展示自己的外在魅力，来换取一份在大街上"潇洒走一回"的自豪与自在。他们嗅觉敏锐地捕捉着时代的气息，不断通过着装的改变，来与时代同步运行。这类人，大多是收入较丰的白领阶层，年龄又集中在年轻一档，且又以女性为主打。

当然，既身在都市，一些收入平平者，也会因"面子"之故，或会在其他生活开销上紧一紧，腾出一些闲钱来购置衣物。一些收入本就不低的中老年，因着"人老心不老"的爱美习惯，也会学年轻一族，穿新潮，扮时尚，共同装点一道都市里的妩媚风景线。

还有一类人，则因拥有不菲的财富，在着装上必求彰显其地位的显赫，富贵的风光。他们穿名牌，着高档服装，还总配饰以一身的珠光宝气。这类人，以少数人口占据着都市经济中的绝对优势。着装上的"高大上"，常常成为他们炫富的表达形式之一。

食

民以食为天。芸芸都市众生，无论什么样的生存状态，或者什么样的生活态度，都离不开"食"，以此维持生命之需。但由"食"说开去，各人也不尽相同。

有些人，对于"食"，只为"果腹""充饥"，管它什么稀粥下泡菜，或者街边吃廉价快餐，抑或两只馒头，就可算作一顿饭。更有一些人，吃了上顿没下顿。他们徘徊于都市边缘，在水泥丛林的夹缝里艰难度日，活得卑微而酸辛。只是，随着城市经济的发展以及人文关怀的推进，他们的生活基本有了保障，不过，他们依然远远落后于不断进步的都市文明！

有些人，对于"食"，便有了一定的要求。除了"果腹""充饥"，还要追求其"味美可口"。他们会在家里，与家人一道，做出味道鲜美的饭菜，在一起享受进餐带来的满足与幸福；或者，下到餐馆，点几道色香味俱佳的菜肴，同样享受一场从视觉到味觉的双重快感。这些人，应该是现代都市里占比较大的大众市民。他们收入的日益提高，使得他们对"食"有了更为合理的"品味"讲究。

对于那些经济更为宽裕且思想较为前沿的市民，他们在"食"上则更为"任性"：或者注重菜肴的科学搭配，在美味之外，更多注入了"饮食保健"的思想元素；或者醉心于频繁的外出聚餐，尤其是夜宵，在近乎放纵的饮食中，一边遍尝都市美食，一边和朋友相聚。

当然，那些富人桌上之"食"，则非一般市民所能媲美：或者讲究排场，一桌一顿，仿佛可以包揽天下美食——其实，大多只是蜻蜓点水式地浅尝而已，餐桌浪费往往令人瞠目；或者讲究名贵食材和食中工艺，一盘一碟，价格不菲——兴许以他们一餐饭的消耗，恐怕足以做一场公益事业了！

住

"住"，是在城里"存身"或者"安居"的必要条件；而"住"的差异，则迥然有别。

城市发展之初，大量的棚户区散落于各个角落，住在其中者，基本是经济地位和社会地位都较低下的底层市民。棚户里面，也就摆些基本家当，如简陋的灶台、卫生间、起居室。因一般位于高楼脚下，或者偏街僻巷中，光线不好，又常年潮湿，只能算作"遮风避雨"之所，算不上真正意义上的房子。后来，在城市重建过程中，这些棚户区渐被拆除，居住其中者，得以获得一套属于自己的面积不大的"还房"，总算"体面"入住了。

经济较好的市民，在城里还能拥有一套自己的房子，尽管大多面积较小，结构又老旧，一家子甚至几代人"蜗居"其中，也算安居吧。

经济相对富足的市民，特别是年轻一代，为了结婚，也为了谋求"宜居"的幸福，他们也许会一半靠上一代的资助，一半靠自己的收入，在城里购一套新房；或者做"房奴"，适应并不轻松的房贷生活，也要入住新建的商品房，包括越来越舒适的小区房，越来越上档次的电梯楼。

而那些外来的打工一族，租房，则成了他们暂时"住"下的权宜之计。他们租用的房子，或是郊区民房，或是城里人闲置的旧房，或是最廉价的旅社。他们或单租或合租，在茫茫都市里"蚁居"一时乃至经年。这种现象在房价颇高的一二线城市，表现尤为突出，甚至有过因付不起房租而住进地下涵洞的报道——足见"住"之不堪！

那些有钱一族呢，则住"豪宅"，如高档小区房、独栋别墅，或在郊区、山上、海边，拥有一处顶级奢华居所。之于他们而言，"住"，已远非"安居"之意，更是尽享人间天堂般的"红楼迷梦"。住在其中，可以享受最现代化的生活设施，可以享受最精品的生活服务，可以享受最精致的生活品味——从而最大限度地体验财富与地位成就的优越感！

行

这里，主要就出行方式说说吧。

有钱人开的私车，由数万至数百万乃至更高不等。当然，随着汽车需求的逐年膨胀，各类中低档小汽车，也越来越多地为普通市民所拥有。家庭小汽车的普及，是城市繁荣的一项重要参考指标，是广大市民"与时俱进"思想的体现。

由于城市人口的发酵式增长，城市交通运力始终有些力不从心。坐出租、公交（地铁）仍然是大多数市民出行的首选。为了响应"绿色出行"的号召，不少城市开辟了自行车专用通道，同时，提倡乘坐公交（地铁），乃至短途出行可适当步行。一些思想开明的有车一族，或尽量弃私车而乘坐公交（地铁），或索性卖了私车换乘自行车出行，也算对城市环保做一份贡献吧。

纵观都市众生的衣食住行，毫不讳言地说，自然而然地将人们划分为了不同类型，赫然矗立起一座"都市金字塔"。尽管这其中也存在一些思想观念的差异，但经济实力和社会地位的判然有别，则是"都市金字塔"的主体呈现。

于是，金字塔下端的人们，为了改变现状，勉力奋斗，并一路向着金字塔上端攀升，书写出一段段都市励志人生传奇。反之，一些"富二代""星二代"，因沉湎于享乐，不思进取，只顾一味地挥霍上辈人创造的财富，而一步步从塔端跌落，甚至落向塔底，落个"红楼梦断"的可悲结局！

值得肯定和欣慰的是，大凡身居都市的人，因为长期接受着生存竞争的氛围濡染，而知"生于忧患死于安乐"之道。于是，大多数都市人，都能自觉地保持进取，并奋斗不息——这正是都市文明生生不息的精神根脉所在！

城里人眼中的乡下人

城里人眼中的乡下人，其实是含了多重元素的一个复杂群体。城里人在亦爱亦恨间，与之发生着越来越密不可分的接触——不只是工作上的，更有生活上的，以及其他方方面面。

城里人对乡下人——进城来的乡下人的基本态度，可以四字概括——又爱又恨。

先言"爱"。

进城来的乡下人，往往包揽了一般城里人不愿干的那些脏活、累活、粗活；或者在城里人看来不够体面的活儿，比如扫大街的环卫工、厕所清洁工、仓库搬运工、街头棒棒军、餐馆洗碗工、家庭保姆、工地民工等。在城里人眼里，如许脏活、累活、粗活，似乎只有乡下人才能胜任。毕竟，乡下人习惯了体力劳作之苦，且任劳任怨的精神已深入骨髓。他们进入城市，从事着此类职业，为城里人的生活提供了方方面面的服务，更为城市的建设和发展做出了不可磨灭的贡献。从这个意义而言，尽管他们处于城市生活的"底层"，作为"有良心"的城里人，不仅不会瞧不起他们，反而会觉着他们是"最可爱的人"。

当然，也有自命"高贵"的都市"上层"一族，会在心底鄙视他们，甚至在言行上有所体现。我便在街头看见过这样一幕。一味低头扫大街的大伯，不慎将一片垃圾，扫到了一位路过的衣着华丽的年轻女子身上，那女子以弄脏了她漂亮的衣服为由，当即破口大骂，一些不堪入耳的语言，骂得大伯无地自容，引来众人围观。大伯是从我老家进城来务工的乡下人，我和几位市民上前调解，才得以暂时平息风波。

我也是乡下长大的人，虽然进城安了家，对来城里务工的乡下人，依然有一种亲切感——乡情难移啊，我称他们为"乡亲"。但我相信，绝大多数城里人，不会如那位富家女一样，这从他们平时对待身边的乡下人的态度上便可得见。与我同住一栋居民楼的邻居王大妈，身为城里人的她，却对乡下人有一种温和与亲近。她经常主动跟清扫居民楼的那位乡下来的大姐打招呼。一次，她还多给了帮她提东西上楼的棒棒小伙几块钱。她常对我们说："乡下人勤快，又老实，咱就喜欢。"

再言"恨"。

近年来，大量乡下人的不断涌入，也确实给城里人的生活带来了一些"负面"影响。首当其冲的是，增加了就业的压力。除了上面提及的那些城里人不愿干的脏活、累活、粗活外，乡下人更在城市就业的诸多岗位，与城里人"抢饭碗"。

现在的乡下人，再不是原先的城里人眼中的"乡巴佬"——见识浅陋、文化不高、土里土气的所谓"弱势群体"；如今的乡下人，尤其是年轻一代，他们逐渐如星辰一般，散发出城里人不敢小觑的光芒来——见识拓展，文化提高，且有活力、有能力也有梦想。君不见，商场里，那精神帅气的保安；柜台里，那反应敏捷的收银员，或者彬彬有礼的服务员；工厂里，那手脚麻利的熟练工；企业部门中，那行事干练的高管；以及那些怀有一技之长，出现在城里人生活里的技术工，比如家装工、水电工、修理工；还有那些穿行于大街小巷的快递员……可以说，乡下人的身影，无处不在，他们犹如渗透进城市肌体里的无数细胞，让城里人无法忽略他们的存在。他们以自己的能力与热情，胜任着那些岗位；也让曾经养尊处优的城里人，感受到了前所未有的就业竞争的压力。乡下人已成了与他们"抢饭碗"的对手，他们心理上如何不怀有一定程度上的"恨"与"怕"呢？

其次,城里人眼中的乡下人——特别是那些形象气质俱佳又有能力的年轻人,他们甚至会成为与都市里的未婚一族争夺恋人的"情敌"。我老家进城来城里商场当营业员的小雯,人生得漂亮,又善打扮,性格也大方,因而被称为商场里那些剩男们眼里"一枝花"。凭着她的魅力,她竟赢得了商场一位年轻主管——一位城市青年的青睐,而最终从他原先的女友——一位城市女孩的手里,将他争取而来,引得商场里那帮剩男剩女们一阵"羡慕嫉妒恨"。

再者,也有一些进城来"淘金"的乡下人,主要是那些一无技术二无多少文化且又好逸恶劳之流,包括一些辍学后流浪社会的未成年人,他们可能在城里做出违法乱纪的事情来,比如抢劫、盗窃、行骗等,直接威胁着城里人的生命财产安全,让城里人对他们既恨又怕。我有位在街道派出所上班的同学,据他说,他们所里每年惩治的罪犯中,总有一定比例的乡下人,且以年轻人居多,还有未成年人,他们往往是流窜各地城市作案的"惯犯",给城市治安带来了较大挑战。

城里人眼中的乡下人,其实是含了多重元素的一个复杂群体。城里人在亦爱亦恨间,与之发生着越来越密不可分的接触——不只是工作上的,更有生活上的,以及其他方方面面。

作为城里人,身处这个城乡趋于融合的时代,不必再将自己与乡下人的界限区分得那样泾渭分明。因为一方面,城里人自身的优越感正渐渐缺失;另一方面,乡下人的闪光点正逐日显现。与其排斥乃至去"恨"乡下人——尽管确有一些在城里为非作歹的乡下人,可他们毕竟是少数,何况城里人也犯罪啊;不如接纳及至去"爱"之——乡下人这一群体的主流仍然是充满正能量的,是值得肯定的。与他们和谐相处,求同存异,优劣互补,合作共赢,将城市建设得"更加美好"——这才是城里人应有的胸襟与态度啊!

广场老年一族之颐养生命

那天,跟朋友张教授漫步于广场。广场上,依然只见清一色的老年朋友们在锻炼身体,而不见年轻人参与其中。

城市休闲广场上,只要不下雨,便经常可以看见几乎清一色的老年人,在上面极投入地锻炼身体。打太极的,慢跑的,跳舞的,做操的……尽皆神情专注,精神奕奕;成了这里一道独特的风景线。这里,也似乎成了老年人的天堂。

年轻人都去哪儿了?

那天,跟朋友张教授漫步于广场。广场上,依然只见清一色的老年朋友们在锻炼身体,而不见年轻人参与其中。

闲侃间,自然谈及这一长久以来大家见怪不怪的现象。

"年轻人哪有时间啊?他们得工作,得奔波,得做好多好多人生中更紧要的事儿。即使有时间供他们休闲,他们要么习惯于贪恋被窝,休息,养精神;要么热衷于娱乐,泡网吧,去电影院,去歌舞厅……"我滔滔不绝地发表一己之见,"再者,年轻人自恃身体尚健壮,且来日漫漫,往往并不太将锻炼当回事儿。老年人则不同啊。他们自知时近暮年,且身体机能下降;更兼人生已无什么其他紧要之事须做,而有充足的休闲时间供他们支配。锻炼身体,不就成了唯一重要的大事嘛!"

其实,说着这些话的时候,我也明白,我不过是在为年轻人的"缺席"找着各种冠冕堂皇的"借口",为老年人的"出场"做着看似"合情合理"的解释。"我觉着这些老年人一日里吃了饭,闲来没事找玩儿,呵呵……"旁边有人忍不住插言调侃了一句。

长于剖析事物本源的张教授，轻轻摆摆手，娓娓而言："不，你们只触及了皮毛。深层的原因是，人在不同阶段，对生命的态度各有不同。比如，人的婴儿期。彼时，什么事都不会想，什么事都不会做——只会吮吸母乳，以滋润机体，颐养生命。后来，人慢慢成长，有了人生各种欲望，亦有了行动和做事的能力，于是便进入生命的消耗期，有人甚至挥霍生命。而待到绕了一辈子的大圈，一切风烟俱净时，又回到了人生的起步阶段——生命的第二个婴儿期，暮年。此时，什么事也不必再想，什么事也不必再做，除了锻炼身体，呵护健康，即重新回到了颐养生命的状态……"他顿了顿，继续说道，"不过，颐养生命，并非婴儿的特权，亦非老年的专利。毕竟，生命何其短暂——一生光阴转瞬即逝；且生命又何其脆弱——疾病或灾难降临时更觉如此。明白这一点，我们每一个正消耗着生命的人，就该懂得珍爱生命，敬畏生命啊。何必太执着于挥霍生命，而不知做适当的颐养呢？"

听着张教授一番精辟见解，我和一旁的几位听者，都不约而同地扣掌赏赞。

与城市亲密相拥

伴着音乐独步于闹市的老者

这样一位伴着音乐独步的老者,宛若闹市里一团滚响的惊雷,也似人潮中一道惹眼的景观,让人无法忽略其存在。

闹市。熙熙攘攘的人流里。

伴着一阵悦耳的音乐声,一位手拄木杖的白发老者,胸前挂一台高分贝的播放机,一路招摇地走来。

老者虽体态有些臃肿,步履亦有些蹒跚,那略显佝偻的身形,却依然那么高大;一根粗壮的木杖,在地上笃笃地叩响。老者无人相扶,只在胸前播放机放出的高分贝音乐里,旁若无人地,兀自独步而行。

这样一位伴着音乐独步的老者,宛若闹市里一团滚响的惊雷,也似人潮中一道惹眼的景观,让人无法忽略其存在。

老者如此张扬的表现,其意旨何在?跟在老者身后的我,忽然就有了探讨的兴致。

是提醒拥挤中的行人的注意,以免让自己衰老之躯遭受碰撞?只是,老者那接近一米八的高大块头,加上木杖的辅助,恐怕连一般的年轻人也不敢轻易与之碰撞吧。何况,平时也常常见着身板依然硬朗的老者,如他一样胸挂高分贝音乐播放机,笑傲江湖般独步于攘攘人潮里呢!

是爱音乐成癖经年,即使上街亦不忍与之稍离左右?想来,世间怎般痴迷于音乐者,应属罕见吧?

是人至暮年,内心孤独感充斥,无以释怀;走上大街,同音乐为伴行走于人潮中,只为驱遣那份如阴霾一般挥之不去的孤独吧?

126

是因为身居喧嚣都市数十载,为喧嚣所扰已侵入血液,如今要借助高分贝音乐,用以"闹"还"闹"的方式,来释放体内那些蓄留已久的浮躁,以换取身心最终的安定吧?

我更愿这样解读。无论那些逝去了的时光如何,只想在人生的最后一程里,用此般张扬的方式,向世人见证着自己依然鲜活的个性——就像流星在夜空中那最后的华丽闪光,也似花开荼蘼时的隆重谢幕……这样的表现,总是要胜过那暮年将临时的寂寂然、戚戚然和颓然无趣吧!

与城市亲密相拥

婴儿车里的宝贝

我多么想让时光倒流,重新做一回婴儿,重新躺回到这样一辆婴儿车里;然后,被一双温暖有力如桨一般的大手摇着,在这苍茫的都市海洋上,悠然漂游着向前……

在熙熙攘攘的人流里,一辆轻巧精致的婴儿车,被一位年轻妇人双手推着,慢悠悠往前滑动着车轮,成为过客匆匆里一道别样的风景。

那婴儿车里躺着的宝贝,是一副多么令人羡慕的神态啊。两只小眼睛微闭着,似在安睡,都市里的万千喧嚣,仿佛都游离于那一抔梦境之外。一张小脸,宛似鸿蒙待开的原初之地,何等的纯净,何等的安详。纯净至不染纤尘——街市里再多的浮华,也不能湮没婴儿车里这一抔纯净;安详至时光凝固——街市里再多的繁忙,也不能动荡婴儿车里这一抔安详!

婴儿车虽轻,却为这婴儿筑起一道最坚固的屏障;婴儿车虽小,却为这婴儿拓开一个最寥廓的宇宙。

我多么想让时光倒流,重新做一回婴儿,重新躺回到这样一辆婴儿车里;然后,被一双温暖有力如桨一般的大手摇着,在这苍茫的都市海洋上,悠然漂游着向前;保持一颗无知的初心——不为街市里的浮华所迷惑,不为尘世间的喧嚣所干扰,也不会在熙熙攘攘的匆匆过客里随波逐流,去经受追名逐利的辛苦与奔忙,而安然享受生命里最幸福的时光。

只是,人在婴儿时期,也正因为无知,不能将此刻的幸福加以体会,亦不会将它存贮为生命里最温馨的回忆——这,或许是生而为人的一种悲哀吧。

　　而人一旦离开婴儿车,便会一步步走向成长,走向繁华如梦的都市深处,在欲望的泥潭里越陷越深,与一颗初心渐行渐远,且不知归路……

　　大街头这轻巧慢行的婴儿车,已成为匆匆过客心中一个永远逝去的童话时代。这幸福安睡着的婴儿,更成为如我一般在辛苦与奔忙里活着的人们眼里,一道最明媚的提醒和最清凉的抚慰吧!

与城市亲密相拥

出租屋里的悬浮人生

偌大都市,海一般苍茫。那一处处出租屋,犹如悬浮于这海上的轻舟。如表弟一般处境的一类人,像蚂蚁一般,寓身于轻舟里,心甘情愿而又近乎麻木地,演绎着他们自己选择的人生……

走进表弟新近租住的屋子,一股烟味儿、潮湿味儿和其他几种难闻的味儿的混合气息,扑鼻而来;加上里面有些昏暗的光线,给人几分窒闷和压抑。

屋子大约就30平方米,却"麻雀虽小,五脏俱全"——一室一厅、外带厨房和卫生间。本就不大的空间里,塞下一系列日用家具,如旧沙发、茶几、旧彩电、旧电冰箱、旧灶台、旧床、旧电脑、旧椅凳等。因为"旧",不知表弟已是这里的多少趟租客了!这一"塞",也就容三两人在里面稍稍打个转身而已!从表弟淡然的神色里,看出,他早已习惯了这般的出租屋生活。

表弟出租屋所在的整幢楼房,是明显老旧的20世纪建筑,墙壁内外随处可见斑驳之状。这里的住户,基本是清一色的租客,是外来打工的人群。伫立此地,大脑里自然就冒出两个词语——蚁族、蜗居。

表弟初中毕业后,便远离乡下老家,去外面大城市打工。几年后,到了适婚年龄,表弟回到了当地这座离家不远的城市,做家庭装修工谋生。其间,经老家媒人介绍,与同乡一女子相识一年后结婚。婚后,表弟独自在城里的出租屋里,延续他的打工生涯。侄儿旭儿翌年出生。由弟媳携同表弟父母一同照管。最初那几年,表弟还能常常抽空乘车回家，回到老房子里与妻儿团聚。可随着时间推移，表弟似乎不大愿回老家了，长时间只顾待在他租住的出租屋里。

旭儿未满五岁时，表弟在出租屋里的秘密一朝曝光——原来，他一直和另一个外来女子，在那里安然过着同居生活。不久，秉性刚烈的弟媳，便与表弟离了婚。旭儿留在爷爷奶奶身边，表弟则继续留在城里，在出租屋里过属于他的生活。

表弟与那女子同居几年后，两人又分道扬镳，表弟至今未再结婚。

父母以及老家的亲友，也曾劝过表弟，就在乡里再找个本分女人成婚。表弟不肯。家里老房子年久失修，楼顶逢雨就漏，各处墙壁也有剥落。家人提醒过表弟花钱修整一下。表弟也无动于衷！尽管老家离城里只有不到一小时的车程，表弟一年回来的次数却少之又少。只在逢年过节时，回来与家人在老房子里团聚一下，略尽为人子为人父的道义。余则绝大部分时间，他将自己寓居于出租屋，寄身于这座并不属于他的城市。

表弟，一个乡里长大的孩子，正与乡村渐行渐远。他不再甘心回到老家，过祖辈那种"面朝黄土背朝天"的农耕生活；不再留恋老房子，以及老房子顶上飘升而起的袅袅炊烟；于是，选择了义无反顾地"逃离"和"背叛"——逃离那片曾生他养他的土地，背叛那份让他这一代引以为"耻"的农民传统。他已习惯了像一只鸟儿一般，在水泥丛林的夹缝里辛苦觅食；已习惯了以一个"蚁族"的身份，在茫茫都市里艰难生存。他努力想融入城市，无奈却因不能在城里拥有一套属于自己的房子，并由此实现从一个外来打工者到城市居民的"蜕变"！

于是，如表弟一般处境的一类人，成了一个徘徊于乡村与城市间的"边缘群体"。幸有出租屋，暂时给了他们一隅得以逃离乡村、安放自身的略带了几分温度的现实空间——尽管出租屋里只能安放肉体，却不能安放灵魂！

偌大都市,海一般苍茫。那一处处出租屋,犹如悬浮于这海上的轻舟。如表弟一般处境的一类人,像蚂蚁一般,寓身于轻舟里,心甘情愿而又近乎麻木地,演绎着他们自己选择的人生……

流浪的灵魂

他们是以自由的状态自由流浪着的灵魂,轻盈、洒脱、奔放而富于活力!这些灵魂在流浪中,经历着时间与空间的考验,经历着尘世沧桑的磨砺——坚持到后来,终有得以升华的灵魂,升华成音乐天堂里闪闪发光的星星。

那位外表帅气且气质粗犷的年轻人,怀抱吉他,独自坐在行人熙来攘往的街边,一边弹奏着苍凉婉转的乐曲,一边微闭双眼忘情地歌唱。乐音和着歌声,在微微肃杀的城市空气里,波浪一般荡漾着……

我不知道也无须知道他姓甚名谁,也不知道亦无须知道他来自何方。但,我知道,他叫"流浪歌手",他来自"远方"。

流浪歌手常常辗转于各地城市。他们的歌声伴随着他们的足迹,一道漂泊于四方。

流浪歌手,大致可分作两类。一类重在追逐音乐梦想,释放对音乐的狂热,并从而获取公众对他们音乐才华的认可。他们的身影,活跃在城市的车站、码头、公园、广场、街头和地下通道等人群聚集之地。另一类多为生计,通过他们的歌唱,赚取一定的经济报酬,即类似于江湖艺人。茶楼、酒吧、歌舞厅等营利性娱乐场所,则是他们演出的舞台。

无论哪一类流浪歌手,一般都为大众所欢迎——因其歌声里都渗进了"流浪的味道",而有着回肠荡气的神韵和震撼人心的力量!

不过,我较偏爱前者。不单是欣赏他们那高超的唱功,更钦佩他们那份敢于展示的勇气和对音乐的无比执着。他们是以自由的状态自由流浪着的灵魂，轻盈，洒脱，奔放而富于活力！这些灵魂在流浪中，经历着时间与空间的考验，经历着尘世沧桑的磨砺——坚持到后来，终有得以升华的灵魂，升华成音乐天堂里闪闪发光的星星。

流浪歌手每到一座城市，总会用歌声，在他们与无数陌生过客的心间，架起一道沟通的桥梁。虽然彼此萍水相逢，但凡对音乐有共同的爱好——即使是并无多少音乐素养的人，只要那颗心还未被世俗生活折腾至麻木，一样可以在激情旷扬的歌声里，柔肠百转。哪怕是稍稍地驻足聆听，抑或是匆匆地侧耳而过。

于是，流浪歌手的歌声，亦可以触摸一座城市的温度。倘若再动人的歌唱，换来的却是无数过客的充耳不闻和心无波澜的冷漠，这座城市就是冰冷的、没有温度的——恐怕这样的城市，那些流浪的灵魂，是无处栖息的；流浪的灵魂，更需要温度的慰贴！

每逢上街，听见远远飘来的流浪歌手的歌声，我便会循声近前；然后，驻足用心地听上一阵子。还常常慷慨地掏上几张零钞——这绝不等同于给以乞讨为生的街头乞丐的施舍，而是对其音乐才华的由衷欣赏和可贵精神的一种嘉奖吧！

流浪歌手一如行吟诗人一般，竟可以成为一种近乎浪漫而美丽的活法。我甚至也在内心，憧憬过上流浪歌手式的生活——洒脱，任性，满怀激情，且与梦想同行！可是，要做一名真正的流浪歌手，应该至少具备两个条件——一要有音乐的天赋和歌唱的实力；二要有抛却当下正拥有的一切的率性与坦然。而我，二者并不具备其一——人生每多无奈，某些看似近在眼前且触手可及的理想，却往往如隔天涯，且虚无缥缈。

也罢，就让渴望流浪却囿于现实的灵魂，在流浪歌手的歌声里，慢慢生出羽翼，去做一场轻盈而浪漫的流浪吧。

你是我的全世界

——一位宠物依赖症患者的人生素描

它则更像一位忠实的听众，傻傻地静静地，睁着一双可爱的眸子，仰望着他。它是他冰冷且残酷的现实生活里，一隅难得的最贴心的温暖和最强大的依靠——它就是他的全世界！

他拖着疲惫的身体，从喧闹的街市中归来。当他站到自己独居的屋门口，掏出钥匙，准备开门时——他心中期待着那清晰入耳且熟悉无比的一声犬吠。

可是，他的手刚一碰到门面，门却是虚掩着的！有人进过他的屋子——他心下一惊，赶紧扑进去。屋里空荡荡的，他期待中的那只毛茸茸、胖乎乎的小爱犬，也不见影踪！他的心中如降霜冻。

他顿觉自己那颗心，也似这屋子一样，一下空空如也。

他一屁股颓然地坐到沙发上。

爱犬的气息犹存。在寂静得可怕的时空里，与爱犬相依相伴、亲密无间的美好过往，历历在目。

好长时间以来，他与它形影相随。无论去哪儿，他都会带着它，让它做他的贴身随从。而宅在屋里时，他会将它搂在怀里，或贴在胸前，抚摸它身上的每一根毛发，亲吻它的每一寸肌肤。它也会很黏他，常常会一个劲儿在他怀里撒娇。他便每每会把那些藏在心里不愿也不敢与外人道的话儿，娓娓地向它倾诉。它则更像一位忠实的听众，傻傻地静静地，睁着一双可爱的眸子，仰望着他。它是他冰冷且残酷的现实生活里，一隅难得的最贴心的温暖和最强大的依靠——它就是他的全世界！

只是，今天早上，为了解决生存之需，他不得不暂时将爱犬关在屋内，然后只身去了外面求职。哪曾想，爱犬竟神秘失踪。

他携一颗空寂的心，急迫而焦灼地，四下里张贴"寻犬启事"；同时，还在网上发帖，向网友求助……

然而，折腾了一段时间，爱犬依然杳无音信。

没有爱犬陪伴的日子，他觉着自己就像是一具被抽去了精神之髓的空壳。他甚至连活下去的信心，也慢慢消决殆尽。

这一天，他心如死灰地独坐空屋。寂寞难耐之下，他缓缓起身关了门窗，而后，拧开了煤气阀门……

后来，邻居及时破门相救，并叫来了120救护车。

再后来，他曾经的女友闻讯赶来，重新回归他的身边，与他朝夕相处。她还带着他，去看了心理医生。

他渐渐摆脱了"宠物依赖症"的困扰，生活重回正轨。

那个阳光明媚的星期天，他携女友一道，与一群年轻朋友，在宽阔的城市广场上，开心地逛游。温润的阳光，蘸着浓浓的友情与爱情，照亮了他曾经晦暗的心灵。那一刻，他展颜而笑——他觉着，眼中的世界，好大好大！

有时不必过于在意失去的东西，抬头向前看，往往会发现前方的美好在朝你招手。

退休后的幸福时光

有一首老歌唱道:"我想去桂林啊我想去桂林,可是有时间的时候,我却没有钱;我想去桂林啊我想去桂林,可是有了钱的时候,我却没时间……"老吴却是一个有钱又有时间的幸福老爷爷。

有人说:人一生中最幸福的时光,是在退休以后。从邻居老吴身上,我为这一说法,找到了比较充分的佐证!

老吴曾是某局局长。退休以后,每每遇见他,我们还是习惯性地叫他老局长。老吴总是淡淡一笑:"嗐,叫我老吴吧。"

退休后的老吴,真的是"无官一身轻":他的脸上,看不到半点"人走茶凉"的惆怅,却尽是如释重负后的闲适。

每当清晨的阳光,柔柔地浸染着我们居住的这座城市,老吴便会一身便装,开门而出,去休闲广场跑跑步,打打太极拳。老吴几乎每天的生活序幕,便是由晨练开始的。由于坚持锻炼,老吴虽六旬有余,仍面色红润,身板硬朗。老吴常跟我们调侃说:"我得争取多活几年,好好享受享受这晚年的幸福时光呢。"

老吴年轻时,便是一个兴趣广泛的人。退休以后,拥有时间这个最大财富的老吴,把他的各种兴趣,发挥得酣畅淋漓。

老吴会下一手"绝棋"。说他的棋绝,是因为他棋法独到:他可以舍"车"保"卒",然后一步一步用这些被一般人看不上眼的小卒儿,将对手置于死地。就靠一手绝棋,老吴频频出入于社区老年活动中心,在众多棋友中,名噪一时!

老吴能拉一手好二胡。常常可以看到,老吴约上三五爱好器乐的老友,各操一件自己心爱之物,在小区那棵枝繁叶茂的大树下,环树而坐，奏出悠扬动听的乐曲。瞧他们那种怡然自得的表情，不知"羡煞"多少往来行色匆匆的年轻人：这帮老人真个闲情逸致啊！最近，老吴加入了一个由若干中老年人自发组成的"演乐队"。每当夜幕降临，在城市休闲广场的一角，老吴他们便会雷打不动地摆开阵势，义务为那里休闲的市民表演歌乐及舞蹈。他们的歌乐舞蹈的取材，都基本源于"红色经典"。因着对往昔年代的怀念，他们的表演充满了激情。他们精彩的表演，总会引来众多市民围观欣赏。这成了夜间休闲广场上一道亮丽的风景线。

老吴对钓鱼也乐在其中。在兴致的驱使下，老吴会专程坐上出城的客车，去数十里外的乡下河塘垂钓。老吴说：乡下的环境好，垂钓的过程，其实就是陶冶情操，修身养性的美丽时光。前些时，随着长江三峡"175"水位的上涨，我们居住的这座城市所濒临的江面，一时间显得浩浩荡荡，气象恢宏。老吴竟掇了一把小凳，悠然垂钓于江边。身后是熙来攘往的车流和行人，而老吴却气定神凝，目不斜视地注视着前方。每在楼道里见着老吴提着空空的鱼篓归来，我便会打趣道："您哪是在钓鱼啊，您分明是在钓长江吧？"老吴也会呵呵一笑："你说得很对！"我知道，老吴在用他自己的方式，亲近着这条养育了我们的母亲河！

有一首歌唱道："我想去桂林啊我想去桂林，可是有时间的时候，我却没有钱；我想去桂林啊我想去桂林，可是有了钱的时候，我却没时间……"老吴却是一个有钱又有时间的幸福老爷爷。退休几年来，老吴带着老伴，已去了祖国许多名山大川，以及不少旅游大都市。

那一天，当老吴笑呵呵地把一叠叠出外旅游时洗印出的相片，展示给我的时候，望着相片中一脸惬意地置身于风情万种的各地景点里的老吴，我的心里甭提多羡慕啊：现时的我，为了工作，为了前程，正辛苦求索，何曾能得几许清闲！在此祝福老吴们拥有更加幸福、惬意的晚年生活吧！

他们的清凉在心底

他们用血汗和青春，为我们奉献出可以享受清凉的居所；而他们的清凉，却深藏于烈日下那被血肉之躯荫蔽着的心里——这份清凉，源于对城市建设的热情和对新生活的憧憬……

时值盛夏。很多时候，我把自己安置在空调或电风扇创造的清凉里，以逃避暑热。

但居室数尺外的工地上传来的声响，也会偶尔吸引我到阳台上望上一会儿。阳台前方，是我们所在小区的两幢修建中的楼房。炎炎烈日下，那些民工表弟，头戴钢盔帽，流着汗辛勤地工作着。每当此时，我的心就会一阵阵收紧：这么毒辣的太阳，这么燥热的天气，血肉之躯何堪忍受？！我仿佛觉得，他们就像失却了知觉的机器，在烈日下麻木地走动着……

小区底层，有一处暂时空着的"地下休闲城"。每天午饭后，民工表弟们一般会到那里做短暂的休息。这天，我从街上回来，顺路走进"地下休闲城"小憩。一群民工表弟或倚或坐，正在纳凉。我坐下后，便很自然地与这些淳朴的民工表弟们攀谈起来。

坐在我身旁的是一位裸了上身的中年汉子，露着黝黑而强健的肌肉。他说，自年轻时起，他便已转战很多城市，并用他的双手，建起了一幢又一幢高楼大厦。言及此，他的眼神里写满自豪——我知道，如他一样的民工表弟们，为城市的建设，做出了不可磨灭的贡献。说到目前的高温天气，我担心他们吃不消。中年汉子却呵呵一笑："热点算啥嘛，咱们的工钱还是不少呢，再热咱们也愿干啊。"工地民工的收入，我早听说，确实较高。而这些民工表弟，他们却在吃住上极为节俭。我常常看见,他们只在工地边的那家快餐店吃价位很低的饭菜;渴了,连一块钱一瓶的纯净水都舍不得买;他们要么住极便宜的"扁担旅社",要么干脆找一块木板,搁在"地下休闲城"一角的地面,用随身带来的被单一裹,就能过上一夜——他们用双手建起来的那些楼房,成了城里人的家园,却不属于他们。

"咱虽然在这里流汗甚至流血,可一想到一家老小就靠咱挣钱养活,咱心里就甚感欣慰!"中年汉子眼含泪花,脸上却浮现着满足的笑容。"明年我就可以自己试着去当个小包工头啦;干了这些年,也该混出点名堂才成啊。"他满怀信心地说道。紧邻着汉子的是一对夫妻。见我们聊得火热,他们也参与进来。"我们就盼着用挣来的钱,在城里买套房子,把老家的孩子和老人接进城里来一起生活……"他们说着话的时候,眼里闪着光彩。我注意到,稍远处那位倚墙而坐的小伙子,微闭了双眼,脸上漾着淡淡的笑意——此刻,他一定在做一个美丽的梦吧……

当我又一次站在阳台前,望着工地上那些在烈日下工作的身影,我的心中升起一种敬意。他们不是机器,而是附着了思想与情感、理想与追求的灵魂!他们用血汗和青春,为我们奉献出可以享受清凉的居所;而他们的清凉,却深藏于烈日下那被血肉之躯荫蔽着的心里——这份清凉,源于对城市建设的热情和对新生活的憧憬……

街头那些值得仰望的卑微

　　这些人，就像默默无闻地生长在街头的小草，那么的卑微，那么的与眼前的繁华格格不入。可是，他们身上彰显着的那种精神，却深深地震撼着我的心灵，让我肃然起敬！

　　我有逛街的习惯。鳞次栉比的高楼大厦，五光十色的灯的荟萃，穿梭如流的大小车辆，穿着各异的红女绿男……都市的繁华，那么鲜明地在视野里呈现；常常让我眼花缭乱，目不暇接。

　　然而，当我浮躁的心绪稍稍沉淀下来，我的目光，便会穿过眼前这一片繁华的迷雾，去留意街头那些从事着卑微职业的人们……

　　流浪歌手那饱含沧桑的歌声和着苍凉婉转的乐音，如泣如诉，回肠荡气，叩击着往来者的心弦。被感动了的善良的行人，会伸手往流浪歌手面前丢上面额不等的零钱，作为回馈。流浪歌手总会示以真诚的感谢。无论面前得到的零钱是多或少，而流浪歌手的歌声与乐音都会始终保持一种热情与激扬。

　　擦皮鞋者会以一种水边垂钓的姿态，耐心地坐在路边，等候顾客惠顾。有时，他们也会冲着那些穿皮鞋的路人主动地问上一声："擦皮鞋吧？"一旦有顾客坐到搁在他们对面的坐凳上，他们便会很殷勤地俯下身去，麻利地打理起那双脏污了的且往往带有汗臭味儿的皮鞋，将它们擦得油光锃亮。

　　摆地摊者会在人流量较大的路边，摆上一些诸如小日用品、玩具或二手旧书画的东西，眼巴巴地盯着往来的路人，只盼着多少做成点买卖。这种简单售卖活动，在很大程度上靠的是运气。或许半日过去，收获甚微，甚至无人问津。

捡废品者会拎着袋子，幽灵一般转悠于街头的垃圾箱边和一些生活垃圾堆前。他们会像对待宝藏那样，在杂乱无章的垃圾里搜寻、翻弄；全然不顾垃圾里散发出的难闻的气味，以及路人偶尔投射过来的不屑的目光！当然，真正有回收价值的东西并不太多。他们会走过若干处垃圾箱或垃圾堆，而后积少成多，再拎着袋子去废品回收处变卖。

街道清洁工会在每个清晨，握一把大扫帚，戴一只口罩，把街道的每一个角落，清理得一尘不染。当街上逐渐热闹起来，涌动的行人和车流，又会不断地产生新的垃圾。清洁工们便会提一把小扫帚和一个簸箕，巡逻一样将那些被重新丢了垃圾的地方，一丝不苟地清理干净。这样的护理式劳动会没完没了，而他们却毫不懈怠！

那些被唤作棒棒或扁担的苦力者，会凭着一根竹棒或扁担，还有他们顽强的肩膀，负重于大街小巷；爬坡上坎，上高层楼，则是他们常常表演的"拿手好戏"！长年累月的重荷下，他们的肩头，会被压得红肿；他们的脊背，会被压得变形。他们用流淌的汗水和肉体的磨难，辛苦地与钞票做着交易……

这些人，就像默默无闻地生长在街头的小草，那么的卑微，那么的与眼前的繁华格格不入。可是，他们身上彰显着的那种精神，却深深地震撼着我的心灵，让我肃然起敬！为了生存，也为了梦想，他们不嫌职业本身的低贱，依然以一颗平常之心，在青天白日下，凭自己的双手，踏踏实实地劳动着。他们不屈从于命运，而是做着命运的主宰！他们努力地经营着属于自己的真实人生……

卑微的职业里，有着同样伟大的人格，值得仰望！

睡在电梯边上的扁担兄弟

他半握的双拳,轻轻贴近的,依然是一颗柔软的心;他身上流淌着的,依然是温热的血液。他用自己内心的柔软,来抵抗这都市的坚硬;他用流淌的热血,来给自己孤独的灵魂保持温度!

入夜后的都市。大街上霓虹闪烁。时值清秋。满城淫雨霏霏。

跟一群哥们儿,在大排档吃过烤鱼喝过啤酒后,再一道乘兴直奔市中心商业大厦里的KTV歌城而来。

KTV歌城在商业大厦第16层楼,须从一楼门厅乘电梯抵达。

因逢周末,一楼门厅里,顾客进进出出,人气特旺。

我们相携相傍步入门厅走向电梯门时,看见一个40来岁的男人,头枕着一根扁担,着一身朴旧的衣裤,半蜷缩了身子,双眼微闭着,躺在电梯门边的地上,一动不动!

电梯门关着。指示灯显示,正有乘客上下。

短暂等候的时间里,我将目光定格在了那个扁担兄弟身上。权且称他为"兄弟",一来因他与我的年龄相仿;二来呢,因为我们彼此在这茫茫都市里萍水相逢,不知其姓名,以此相称,或许更为妥帖吧。

许是这位扁担兄弟真的太倦了!白天,他用这根扁担,和自己的双肩,还有一对脚掌,在都市的大街小巷勉力奔忙,得不到多少休息的机会;此时,他却又不能回家去洗漱后上床就寝——他的家在遥远的乡下;他也不肯去城里的旅社甚或宾馆,享受一夜舒适的睡眠——他舍不得花掉身上那挣来的血汗钱,他得给家人留着!

于是,我们的扁担兄弟,便坦然选择了在这坚硬而冰冷的地上躺下了——他半握的双拳,轻轻贴近的,依然是一颗柔软的心;他身上流淌着的,依然是温热的血液。他用自己内心的柔软,来抵抗这都市的坚硬;他用流淌的热血,来给自己孤独的灵魂保持温度!

我们在这一刻,都静静地站在原地,望着地上的扁担兄弟。我们的表情淡然——绝非漠然!因为,我们不可能对这位扁担兄弟有更为强烈的表达,比如嘲笑——那不仅残忍,更是浅薄,这里躺着的,依然是一个保留了做人尊严的人,是一个为这座城市做着贡献的劳动者;此刻,他只需向这偌大的都市,求得这么一块小小的地面以暂时栖身而已。比如怜悯——你看这扁担兄弟历经沧桑的脸上,是也无风雨也无晴,他睡着的神态,是何等的安详而恬静,丝毫不为周围的嘈杂所影响。他有着让浮躁而脆弱的我们值得敬仰的坚固的灵魂。

且让他安静地躺在那儿,别打扰了他的梦境。或许,他此刻的梦里,是那片熟悉的乡村,乡村里熟悉的老屋,老屋里年迈的爹娘,爹娘膝下天真的孩子……

电梯门打开,我们就要去 KTV 唱歌,去快乐着我们的快乐。他却兀自依然躺在那儿,沉浸在属于他的梦境。我们像彼此行驶在不同轨道上的列车,我们的生活没有交集,也井水不犯河水……

在电梯门关上的一刹那,我最后望了一眼睡在地上的扁担兄弟——兄弟,就请好好养一下精神吧,我们相信,你依然会用这根扁担,去挑起一家老小的希望,去挑起一个男人肩头的责任,也去挑起这雨雾迷离的苍茫都市里一方晴空。

楼梯哥

渐渐地，我的腿脚再也不堪其苦。我膝下一软，跪到楼梯上，寸步难移了！

人到中年，身体开始走下坡，不少健康指标呈下降态势。于是便想通过锻炼，来激活身体细胞，提高免疫力。虑及平素因工作或琐事缠身，于是便一直努力寻求一种既简便易行又效果明显的理想锻炼方式。

那天，当又一次站在宿舍楼下准备乘电梯上楼时，我的眼睛瞥及一侧的楼梯，来了灵感——听说爬楼梯是一种不错的健身方式，何不一试？我仰起头，望望那居于30层楼上的家，心中还是不免有些发怵——30层楼梯啊，平时依赖惯了电梯的我，靠一双足步步登上去，不啻一场严峻的考验！但为了健康，就放胆一搏！

于是，我做了个深呼吸，再拍拍腿，揉揉腰，便壮士上战场一般，走到楼梯口，开始了伟大的爬楼梯运动！开头几步楼梯，登起来还比较轻松。可慢慢地，一双脚就有些不听使唤。每往上抬一步，脚底的压力就增加一分，腿部肌肉的酸疼感就增加一分。我渐渐喘息起来，额头亦渐渐渗出汗珠。我一边吃力地往上攒动着脚步，一边借着楼道里鬼魅一样的灯光往上望：哎，不知还有多少步楼梯等着我去登攀！我的喘息越来越粗重。腰也酸来腿也软，脚底像灌铅！向上，向上……渐渐地，我的腿脚再也不堪其苦。我膝下一软，跪到楼梯上，寸步难移了！

我稍作歇息，倔强的个性促使我重新站起身——不到家门非好汉，我就是爬，也要爬上去！何况，有难度才有效果嘛。要健身，拼一拼，值！我振作了一下精神，继续迈动双足——不，后来那段楼梯，我真是一步一步爬上去的！

万事开头难。尽管第一次爬楼梯让我尝尽苦头，可我却立下一个宏伟计划——一天至少爬一次楼梯。我也因此而被众邻居送一流行雅称——楼梯哥！

最后的步行者

之所以偏爱步行,窃以为略得其妙处———一可迈动双腿,甩开两臂,有活动筋骨之益处;二可足踏实地,充分接地气。

多年来,养成了一种步行的习惯。每逢上街去,除了办急事或者距离较远,而不得不乘坐汽车外,常好步行。

之所以偏爱步行,窃以为略得其妙处———一可迈动双腿,甩开两臂,有活动筋骨之益处;二可足踏实地,充分接地气。倘若托身于车轮之上,则不仅疏懒了筋骨,而且颇有飘浮之感。

然而,一旦上街放眼看,又不得不承认自己确已落伍了。君不见,大街上车流如矢,尤其是私家车数量之可观,令人咋舌。不少街道,可谓"车比人多"。不久的将来,步行者的身影,估计会日渐稀少,甚至终将一一被吞噬于茫茫汽车的海洋之中。

身边的朋友,赶趟儿似的,一个接一个买了小车,跻身于"有车族"。每逢聚会,他们几乎清一色开小车到达。而我,偏偏独树一帜步行而至。不过,咱倒是步履从容,神情坦然。

总有声音在耳边鼓噪:"何不与时俱进,也买辆车子来玩?"

我却兀自不肯"苟同"。倒不是舍不得那一大叠人民币,只因自己天生不是开车的"料"———手一摸方向盘,头就发晕呵!

为让步行之志"百年不动摇",且特地结合现实,为自己与车无缘找了个最大的理由,从而将个人的思想层次提升到一个高度———就算给城市环保做贡献吧,无车有何憾,步行最"绿色"!

君可见那不可回避的现实?近年来,由于汽车特别是私家车的激增,那些时时爬满大街的钢铁甲壳虫,让本就紧张的城市交通雪

与城市亲密相拥

上加霜，更让本就不容乐观的城市环境每况愈下——大量的尾气排放，喧杂的噪声污染，以及洗车时的秽水横流……

态度决定高度，而高度亦为态度导航。吾虽小小一分子，愿为环保尽薄力！

纵然经年以后，"以车代步"成人人出行的首选，汽车主宰了我们的生活，吾亦甘作那最后的步行者！

第五辑
城市菩提

或许,
在一个阳光暖照清风徐来的午后,
一桌一椅一茶饮里,
自会悠悠流泻一剪菩提的光阴……

与城市亲密相拥

花开，或者不开

  阳台上这两盆花，花开，或者不开，只是温柔相望，咫尺共享一段悠然如水的时光。

  阳台两侧，各放着一盆花。咫尺之遥，两两相望。
  正是花开时节。
  一侧的这盆花，花开满枝；望若红霞一簇簇，嗅闻芬芳沁鼻——好任性的绽放，好一场蓬勃的花事！
  而另一侧的那盆花呢，却依然寂寂然不见花开，犹如一场酣梦未醒——徒见一盆单调无趣的苍绿枝叶，孤单地裸立于秋日黄昏清凉的风里……
  或许，相差如此迥异，有多种原因，比如，盆里土质的区别，两侧光照的多寡等。但我想，生而为花，它们一定都有着要努力绽放的渴望。不信，但看这一盆未开的花树，那一枝一叶间，精神抖擞的姿态，那饱满的活力里，洋溢出的分明是生而为花的自豪，以及对一场蓬勃花事的关注。而那一盆绽放了的花呢，开得那般的无所顾忌，那般的如火如荼，那般的妖娆绚烂啊！只是，它们被置放在了不同的盆里，又被摆放在了不同的位置。
  人亦如花。或许，在这同一座城市里，芸芸众生，或者隔着一堵墙，或者隔着一方院坝，或者住在不同的楼里，或者住在各一条街上；抑或同一办公室不同的椅子上坐着……
  命运给予各人的待遇，就有这般的千差万别。或富有，或贫穷；或志得意满，或落寞困窘；或风光无限，或泯然如草……同样，哪个人没有如花一般绽放的渴望呢？只是，命运对于每一个人，不一忽略自己所拥有的幸福,是我们一般人常犯的错误。因为"忽略",我们"身在福中不知福":我们穿着称心的服装,却不知这就是幸福;我们睡着舒适的床被,却不知这就是幸福;我们听着休闲的乐曲,却不知这就是幸福;我们捧着丰厚的存折,却不知这就是幸福……

我们之所以"忽略",只因为我们缺了一扇临街而坐的窗户,缺了一份心灵的发现与触动!正如此刻的我,通过临街这扇窗,我才望见了那从垃圾箱里翻找食物的流浪汉,以及那些正奔走在觅食途中的路人;我才终于有了触及灵魂的感动——原来,我能坐在窗前安享美食,就是一种真实的拥有,一种不该忽略的幸福。幸福,其实一直都伴我左右!

幸福,不缥缈,也不遥远,幸福就在临街而坐的那扇窗前。幸福是实实在在的拥有,幸福就在当下,幸福其实触手可及!

心有幽凉

心有幽凉,纵然身处攘攘尘世,也能将各种凡俗"热魔",拒于千里之外,而不受其侵扰。

盛夏。大街。骄阳似火。酷热无比。男人索性裸了上身,女人着露腿短裤者,比比皆是。人们大都一脸焦躁地脚步匆匆,没有谁愿在烤箱一般的室外多一分钟的停留。我也摇着绸扇,一路紧赶慢赶,只想快些找个开着空调的室内钻进去,避避暑热。

行至一街角处,偏偏见着一位穿一袭长袍的僧人模样的老者,步履翩然地在前面走着。观其姿态,我猜应是一位来自佛门的高僧。

对高僧素有近乎膜拜之心的我,不知不觉间放慢脚步,跟着老者走了一段距离。或许受了他的感染,我竟慢慢淡化了对烈日高温的畏避。走了一阵,我再主动上前,与老者搭讪,并邀其进到街边一家茶室小憩。

老者虽仙风道骨,却也并不显太多清傲。他微笑着接受了我的相邀,和我一道进入茶室落座。一进里间,空调创造的清风,阵阵袭来。服务员端上两杯香气沁脾的清茶。两口香茗入喉,乃知老者确是某山寺一位高僧,因寺中事宜,特地下山来城里相关部门办理。老者的言谈举止及眉宇间,所表现出来的那种超凡脱俗的气质,让我深为欣赏。"冒昧地问一下,这酷暑三伏天,您却一袭长袍加身,却兀自好似不嫌天热啊……"我一半钦佩一半调侃地说道。

"施主不必见笑。只因久居山寺,远离尘嚣,长年沐山泉,浴山风,心中自有幽凉相伴,这烈日高温,又奈我何呢,呵呵……"老者抬须一笑。"……"我稍觉语塞,低头呷了一口茶,继而也一笑自解尴尬，"十分佩服高僧风范。既有缘邂逅于此，还请高僧不吝赐教，点拨点拨咱这一介俗人吧，呵呵……"

"承蒙施主以茶惠待。老僧就不妨胡说乱语，聊侃几句，以供参考吧。生而为人，心有幽凉，纵然身处攘攘尘世，也能将各种凡俗'热魔'，拒于千里之外，而不受其侵扰。比如沽名钓誉之热，贪财逐利之热，官场求迁之热，江湖好胜之热……凡此种种世间之'热'，往往让众生沦陷其中，使人饱受煎熬之苦。倘若心中幽凉常驻，此般'热魔'再嚣狂，又能奈汝何呢……"老者一边悠然品着杯中之茶，一边口吐莲花。

良久，出茶室，彼此别过。望着老者离去的背影，回味着老者刚才那番话，仿佛觉着，虽身处烈日下，犹有幽凉阵阵，在心中氤氲不绝。

与城市亲密相拥

活成一株茉莉花

某天清晨，我又站到阳台，给茉莉花浇水。邻家女子也刚好在那儿。在沁人心脾的茉莉花香里，我们优雅地相视一笑。

那年夏天。天气特别燥热。在外边折腾了大半载，身心疲惫。于是，便趁着这个暑热之际，身心疲惫的我，回到居住地的小城，过起了"隐居式"的生活。

从此，躲进自家的屋门，名为"消夏避暑"，实为"消极避世"。整日里，窝在家里，足不出户：着很随意的衣服，吃很随便的一日三餐。什么事都不想做，什么人也不想理，什么地方也不想去。

那日早上，晨风习习。我在百无聊赖中，信步踱到室外阳台。风里飘过来缕缕清幽的芬芳，令我神清气爽。那是隔壁邻家阳台上茉莉花绽放开来的香气。我下意识地低头瞥了瞥自家阳台上的那几盆花，因我的疏于料理，而恹恹然没有生气！此刻，邻家女主人正像园丁一样，给花儿浇水哩。女主人是一位优雅的年轻女子，她一袭素色长裙；一头如瀑的秀发随风轻飘。她是某艺术院校的一位音乐教师——据说她身患某癌，现在家疗养。每日里，她的屋子里便会飘出阵阵优美的钢琴乐声，也屡屡听到她打开屋门外出的声响。而她出现在阳台上时，总是一副淡扫蛾眉、衣袂旖旎的动人模样。而宅在家中的我呢，常常是蓬头乱发、衣冠不整的邋遢形象。

我呆立风中。邻家阳台上不断袭涌而来的茉莉花香，让我浴之如清泉，品之如醍醐。我忽觉羞愧无比，亦觉豁然开朗！

我去街上买回几株正开放得如火如荼的茉莉花，然后分别植入阳台上的几只花盆里。以后，我就像邻家女子一样，坚持给花儿浇水。这样,我的阳台上也有了氤氲不绝的茉莉花香,并充溢在每一个日子里!在茉莉花香的熏陶与鼓舞下,我调整了我的生活。

清晨,趁着天气凉爽,我带着老婆孩子,穿戴整齐地出门去。或在附近休闲广场打打羽毛球、跑跑步,甚至去郊外登登山,以健身;或去公园遛遛,去商场逛逛,去游乐园玩玩,以开心。夜间,或到我们居住的小区院坝去纳凉,与人聊聊天;或到江畔去吹吹江风,欣赏江岸的迷人夜景;或到好吃街吃夜宵,享受美味的滋养……

静夜时分,我半倚在阳台的躺椅上,梳理纷乱的思绪。花香盈盈。多日来萦绕于心间的慵懒而倦怠的情绪,在如清泉一般流泻的茉莉花香里,渐渐地被洗净,化为虚无。

某天清晨,我又站到阳台,给茉莉花浇水。邻家女子也刚好在那儿。在沁人心脾的茉莉花香里,我们优雅地相视一笑。

人又何尝不可以活成一株茉莉花?无论怎样的处境里,我们都不妨尽情绽放自己生命的芬芳,去浸润那些枯涩的日子……

与城市亲密相拥

过站

错过了生命中对的——那么一件东西、一个人,或者一次人生际遇……

又过站了——伴随着心底里一次惊呼,我惶惶然一抬头,才发现我所乘坐的公交车,又过了我想抵达的站口。

类似的经历,已不是一次两次。或者是低头玩手机,或者是闭目打瞌睡,或者是和同车人闲侃,或者是冥想什么事情……就这样,一次又一次重蹈"过站"的覆辙!

其实,往深里探究——只怪城市太大,街道太长,站口太多,站口与站口之间的交接,又过于频繁。这是城市真相之一。

于是,身处城市的我们,往往在有意无意间,错过了那个自己本该抵达的"站口",因而错过了生命中对的——那么一件东西、一个人,或者一次人生际遇……

有一个地方，冬暖夏凉

我们的肉体，可以安放于设有空调的地方，舒适无比地度过酷暑严冬；我们的精神，也需要有一个冬暖夏凉的地方，可以寄托。

或是酷暑伏天，或是数九寒季，每逢上街，总会往有空调开放的地方钻，在那里待上一阵子，比如商场、银行、书店等地。空调创造的冬暖夏凉，可以让身心得享片刻的舒适。

当然，较为长久的尽享这种舒适的地方，应是在城里就职所在的办公场所，或是自己的家中居室，这些地方可以尽享空调世界的惬意。

只是，身处攘攘都市，人情世态，亦有酷暑伏天般的火热无度，和数九寒季般的冷酷无情。

我们的肉体，可以安放于设有空调的地方，舒适无比地度过酷暑严冬；我们的精神，也需要有一个冬暖夏凉的地方，可以寄托。

这个地方，正是我们自己的内心——一个也应该安设有这样一台"空调"的内心，以积极主动地调节我们的情绪温度，去抵御浮世炎凉的侵袭，让我们的精神空间，不为外界所搅扰，而保持一种自在谐和与淡泊清宁。

天堂·地狱

清晨楼隙间射下的一缕阳光,是诗意的表达;夜晚满城里亮起的璀璨灯火,便是天堂的面貌……

人在都市,天堂与地狱的差别,只与状态、节奏和心境有关。

先说状态,即生存状态——物质意义而言。食不果腹、衣不蔽体的街头乞丐,频繁处于失业之中者,以及长期从事最脏、最苦、最累活计的底层贫民,他们倍觉水泥丛林的坚硬、现实世界的冰冷和几乎没有前景的明天。只有工作相对稳定、收入较为丰厚的一类人,才有可能尽情享受都市生活里的温馨、浪漫乃至奢华、绚丽。

再说节奏——精神方面而言。只知成天像陀螺一般转个不停的"工作狂",或者像高速列车一般奔驰向前的"事业狂",他们的日子,总被层层叠叠的水泥丛林所围裹而密不透风,压抑、沉闷。唯有懂得让生命保持于一张一弛之间,或者懂得欣赏沿途风景的人,才更有可能享受到都市慢生活所创造的情趣、放松与优雅迷人。

三说心境——灵魂层次而言。心境晦暗者,他眼里的城市,何等不堪:拥堵的交通,弥漫的尘嚣,逼仄的空间;更兼纳藏了竞争的激烈、江湖的凶险、人心的叵测、世态的炎凉……而心境明朗者,他眼里的城市,这般美好:高楼林立如积木般铺砌,人潮涌动如浪花般浮现,车流穿梭如河水般奔泻;楼上邻居垂下的一支三角梅,是友爱的延伸;清晨楼隙间射下的一缕阳光,是诗意的表达;夜晚满城里亮起的璀璨灯火,便是天堂的面貌……

一家频繁转租的门面

不过,我相信,门面只要一直在这里,总会如此绵延不绝地转租下去。就像立于苍茫都市里的一方舞台,一批又一批演员轮番上台,你方唱罢我登场,无关演技,亦无关观众——这是一方永远的舞台,它不只属于都市,更属于每一个敢于上台表演的人!

常步行经过城中一条横贯南北两个菜市场的街道。这条街道,每日的人流量还不算少,只是两边的建筑物已显得"老气横秋",应是本城历史较长的旧街了。街道旁的门面,主要经营日杂、五金、馒头包子、面食,以及一些价位低且不入流的衣物鞋袜之类。

在众多门面中,拐角处有一家门面,在我印象里,总在频繁地转租着,招牌换了一茬又一茬。这里,权且以近两年我之所见为例。

先是一年轻女子开的理发店。我也去理过一次发。店主人手艺也还过得去,态度也温和。可不到半年,便人去屋空。

接着,是两个北方小伙开的羊肉泡馍店。我也吃过一回。羊肉泡馍的味道,尝起来也还算得一道"舌尖上的美味"。可惜的是,不多久,该店也关门大吉。

紧跟着,一位胖胖的中年妇女,挂牌经营汤圆、稀粥等早点。初始,我还看见一些顾客登门求食。可未支撑多久,中年妇女也关门走人。

之后,该门面又转租了几次,都无奈"气数不长",一个个"前仆后继",很快成"过眼云烟"。

最近,一家白酒专卖店入驻此中。店内摆放着大大小小若干只陶瓷酒坛,里面盛有白酒。店门口,立了一个笑呵呵手捧酒杯的酒保塑像，以招揽顾客。每过此处时，我都会怀了"关注"之心，顺便朝这里瞥上几眼。偶尔也见着有顾客登门，只是经营状况仍不甚乐观——亦不知其能支撑到何时。

　　不过，我相信，门面只要一直在这里，总会如此绵延不绝地转租下去。就像立于苍茫都市里的一方舞台，一批又一批演员轮番上台，你方唱罢我登场，无关演技，亦无关观众——这是一方永远的舞台，它不只属于都市，更属于每一个敢于上台表演的人！

来一场说走就走的——旅行

本城新华书店书架一隅,有几行文字赫然触目:"要么旅行,要么读书;身体和灵魂,总有一个在路上。"

"人生应该经历两件事——一次说走就走的旅行,一场奋不顾身的爱情。"这是逛书城时,在一本畅销游记书的封面上读到的文字,读来颇动人心!

不言后者,只说前者——旅行,真是人生中一件极有意义的事。随着时代观念的进步,旅行已渐成"热门"。它不只引领了一种时尚,更越来越成为现代人尤其是长久生活在水泥丛林里的都市人,所追求的一种健康生活方式。

通过旅行,我们得以暂时从庸常而忙碌的现实生活里抽身出来,以悠然的心态,去欣赏一路风景的娇娆,去领略大千世界的魅力。

一位同样热衷于旅行的作家朋友,用文字这样概括旅行的妙处:"旅行的收获,可谓多多。除了可以览尽一路的风景、尝遍天下的美食,它还锻炼了我们的身体、磨砺了我们的意志,如登山、滑雪、击楫中流等;也增长了我们的见识、开阔了我们的视野,如了解各地风土民俗、探知世间的奇诡万象;同时,它更颐养了我们的性情、丰富了我们的生命体验……"

旅行,让我们懂得,人,原来可以如此活着,如此优雅而美丽地活着——匆促的时光,"慢"下来了;平时忙于生计、忙于事业、忙于角逐的心,也"慢"下来了。这一慢,丰盈了我们因太忙太快而日益枯瘦了的生命;这一慢,让我们从长期浑浑噩噩的麻木中觉醒——最美的风景在途中;这一慢,大大提高了我们生活的品质!

为了追求生活的品质，越来越多的人爱上了旅行，迷上了旅行。在他们的生活开支中，旅行费用，是一笔必需的账目，而且所占比例呈逐年上涨之势。旅行，正超越着它原本单纯的"出门走走"的意义，向着更为深邃和宽广的内涵拓展。

旅行，不仅以"休闲"为目的——借助或远或近的出行，现代（都市）人得以暂时忘却眼前的烦恼，卸下心头的负荷，释解生活或工作的压力。

旅行，亦以"学习"为目标——比如，爱好烹饪者，便会有意识通过旅游，在遍尝美食中借鉴厨艺；爱好摄影者，便会有意识通过旅游，用相机捕捉无数动人的镜头，收藏天下美景；爱好写作者，便会有意识通过旅游，记录沿途风土民俗，获取珍贵的写作素材……

旅行，还以"体验"为态度——在旅途辗转的劳累里，体验旅游中的辛苦，体验"在家千日好，出门步步难"的古训之实，从而加倍珍惜在家的日子，热爱最熟悉而平凡的当下生活。

于是，各处旅行社的生意做得风生水起，"自驾游"也毫不逊色。"旅行热"正方兴未艾。

更有一些人，以自己独特的方式投入旅行。有人徒步走天涯，有人单骑行天下；有人一路摆摊只为旅行，有人沿途打工亦为旅行……或只身独旅，或结伴而行。尽管出发的时间和地点各异，途中的内容和细节有别，但终究殊途同归——正如又一本畅销游记书的扉页所说："旅行，不只是为了流浪，而是为了更好地回家。"旅行，无疑会成为他们一生最值得回味的珍藏，甚至对他们的人生产生深远的影响。

本城新华书店书架一隅，有几行文字赫然触目："要么旅行，要么读书；身体和灵魂，总有一个在路上。"从琳琅满目的畅销书堆中，随手翻开一本游记来，在墨香扑鼻里，在作者图文并茂的娓娓描述里，旅行的冲动阵阵袭来……

来一次说走就走的旅行吧——让身体和灵魂相携上路！在路上，慢慢地走，慢慢地看，慢慢地想。或许，走着看着，生活中那些难解的问题就想通透了，人生中那些困扰的谜团就想明白了，生命中那些沉压的负荷就想轻了，想淡了，想没了……

尤其之于久受水泥丛林禁锢之苦的都市人，旅行，更是一场灵魂的解放……

病房

那生命之液，一点一点地，慢慢地，静静地，滴落；滴进输液管；最后，渗入血液里……

1

带着几分无奈与几分顺从，平生头一回住进了病房。

原以为，一直健康的身体，一辈子与此地无缘，今朝终于明白，既为凡人，吃五谷杂粮，岂能不生病？

病房所在楼群，虽处闹市，而里面，自是一片净地——不仅养病，也养心。

2

目之所及，病房里，一片白色主宰。

白色的天花板，白色的墙壁，白色的床单；那原本无色的输液瓶和药液，以及玻璃窗，也在这一片白色里，被洇染成白色。不时进出的白衣天使们，自然也是一袭白色。

好一片白色——白得苍茫，白得纯粹，白得干净啊！

因为苍茫，凡尘间，那些纷杂，在这里，统统被覆盖，统统遁隐了它们的形色。病房，将外面的世界隔开。

因为纯粹，俗世里，那些诱惑，在这里，都不复存在，唯余了本真的色泽。病房，让人的欲望趋于淡泊。

因为干净，市井中那些龌龊，在这里，被荡涤开去，杳无了痕迹。病房，创造了一处心灵的世外桃源。

3

人仰卧于病床上,什么事都无须去做,甚至也无须去想;只将一双眼睛,默默盯住输液瓶,静观那输液的过程。

那晶莹的药液,悠然而又极有节奏地,一点一点往下滴落。

时间,在这一刻,变得好慢好慢。这"慢",是快节奏的现实生活里多么稀缺的东西!此时此刻,我得以将这种弥足珍贵的东西,真实地品咂,细细地领略——生病亦是"福"啊!

空间,在这一刻,变得好静好静。这"静",一点一点地,滤去了我心上的那些浮躁与张狂;一颗心,仿佛拥有了一份真宁静。此时此刻,还有什么放不下的呢?

那生命之液,一点一点地,慢慢地,静静地,滴落;滴进输液管;最后,渗入血液里……

健康与生命,成了这里唯一鲜明亦唯一重要的主题。

4

偶尔一侧目,望见了窗外些许的风景。

一棵树,长势葱茏:不仅枝繁叶茂,而且树干挺拔。羡慕这棵树,不羡慕它会长成栋梁之材,只羡慕它生命力的旺盛。成不成材并不重要,重要的是,能长久保持不败的生命活力——树如此,人亦然。

一朵云,高高地飘浮在建筑群之间空白处的澄蓝色天空上。一忽儿,那朵云飘走,飘向更加广袤的天空去了。羡慕这朵云,不羡慕它的高高在上,俯视一切,只羡慕它天马行空的潇洒。位置高低并不重要,重要的是,能永远拥有一种惬意的心情——云如此,人亦然。

一只鸟,飞到窗边,轻轻栖落。而后,亮开嗓子,大大方方地唱起悦耳的歌。那歌声,宛若天籁,听来怡人无限。羡慕这只鸟,不羡慕它的善于展示才华，只羡慕它的无忧无虑。有无才华并不重要，重要的是，能恒常维系一种健康的心态——鸟如此，人亦然。

5

一场病，一场悟。

病房，亦禅房。

感谢生病的经历。感谢病房……

空间

正中墙壁，挂一长幅山水画，"远山逶迤，长水如带"，平添一种悠远畅阔的意境。两扇随时擦得干净透明的玻璃窗前，搁一精致书桌；桌上又常搁几本闲书，以及一方砚台、几杆狼毫。

层层叠叠的高楼大厦，密密匝匝地俨然矗立于原本开阔的一块地面上，由此成就了城市空间的主体框架。

置身其间，人的视野总被水泥丛林莽撞地挤塞着，望见的天空，往往是狭小且变了形的。即使从相对空阔的城市广场仰望到的天空，也永远不及野外或乡村世界中的天空那般寥廓和博大。

楼群分割了天空，也同样分割了地面。人能活动的楼与楼间的空隙之地，称作"街"或"巷"；抑或间杂辟出几块开阔地——城市广场。这些"街""巷"和"广场"，就是人们尚能望见大块天空、尚能呼吸新鲜空气和自由活动的空间了。只是，这些空间里，不能如野外或乡村世界那般，享有更为辽阔的视野，享有更为新鲜的空气，享有更为自由的活动——因为这不过是些被水泥丛林压缩了的空间！

更多时间，人们则被包裹在坚硬而厚实的楼房里：工作、学习、加班或者娱乐、休息、睡眠……这些空间，大不过数百至千平方米，小则仅容一床一人。在此封闭空间内，人犹如笼中鸟、困中兽一般，没有开阔的视野，呼吸不到多少新鲜空气。即使活动，也是被大大限制了幅度与范围的活动；即使娱乐，也是在方寸空间内的娱乐；就连梦境，也常常难以延展开去……

可叹的是，私人汽车的不断增多，让本就逼仄的城市空间，变得更加逼仄。不信你看：大街上，汽车密如蚁群；马路边、楼层下、门店旁等，随时可见停着数不清的汽车。夸张点说，眼一睁开，见着的，除了楼群，就是汽车——它们一道毫不客气地，充斥了我们的视野，挤塞了我们生活的空间。汽车需求的过度膨胀，让都市人在满足了物质欲望的同时，失去了好多更为宝贵的东西。除了"空间"，还有诸如清新的空气、安静的环境，乃至步行的能力——人们习惯了以车代步，习惯了将自己塞进那钢铁躯壳里，在最逼仄的空间里，消耗着并不算美丽的生命时光……

近年来，"旅行热"的兴起，仿佛是都市人的如梦初醒后的一种大规模逃离——尽管是极其短暂的逃离。人们开始利用节假日或者一切可以自己支配的时间，逃离水泥丛林充塞下的封闭空间，去外面广阔的世界拓展视野，自由呼吸，放飞心灵。更有一些人，选择了较长时间的逃离。他们在城外开阔空间里，寻一处居所；或者，以创业之名，在那里生活……

有友W君，身体残缺，长年蜗居于一处一二十平方米的斗室之中，基本足不出户。

每去W君那里登门造访，却竟觉不出其空间有何逼仄。室中一角，搁一单人小床，并不占据多少空间；正中墙壁，挂一长幅山水画，"远山逶迤，长水如带"，平添一种悠远畅阔的意境。两扇随时擦得干净透明的玻璃窗前，搁一精致书桌，桌上又常搁几本闲书，以及一方砚台、几杆狼毫。W君便在闲看文字与恣意挥毫间，让生活的空间无限放大……

城·人

城,确实好大——有容乃大啊!因为能有包容众物的襟怀,才称得上"大"。

1

城,好大。一座城中,楼房簇拥,无以计数。会有高耸的楼房,也会有低矮的平房;会有高档的别墅,也会有简陋的板棚;会有崭新的楼群,也会有敝旧的建筑。

而车辆之多,之杂,亦叹为观止。条条街道中,处处马路上,那川流不息的车流,让人瞧着眼花缭乱。按类型分,有公交车、货车、私家车、自行车、三轮车、摩托车等;按档次分,有豪车、中档车、普通车等;按新旧分,有新车、二手车、待报废车等。

一座城,更是人的大集合。三教九流,皆在其中。各种身份,各种族别,济济一城。善人恶人,好人坏人,混杂一块。穷人富人,平民官绅,同城共舞……

城,确实好大——有容乃大啊!因为能有包容众物的襟怀,才称得上"大"。

身在城里的我们,也应努力让自己学会包容。城里的人际关系复杂,与你有恩怨情仇、亲疏远近的人,你都要能包容。城里的生存竞争激烈,成功与挫折,荣誉与耻辱,升迁与退落……你都要能包容。城里的社会环境多元,无论龌龊还是纯洁,无论晦暗还是清明,无论腐朽还是美好,你都要能包容。如此,你才能让自己变得"大"一些,乃至大到可以囫囵将偌大一座城,纳入胸中。一个变大的人,才有了包容尘世万物的胸襟。

2

伫立于过街天桥，俯瞰下边，展阔的马路上，繁忙的车流，流成一幅恣意汪洋的写意画。马路两旁的人行道上，拥挤的人潮，熙熙攘攘。设若登上城边的高山之巅，放眼望去，车啊人啊，细密如蚁群；还有一片一片的楼群，积木一般铺排在灰蒙蒙的远天之下。

城，好大——大得苍茫如海。亦不知这海里，淹没了多少楼、多少车、多少人。因为苍茫，让人总会情不自禁衍生出陌生感——即使身在其中，也不识庐山真面目；亦会有惶惑感——面对偌大一座城，心下怅然而无所适从……

城，好大——无数街道，纵横交织，错综复杂。即使在其中居住多年的人，也往往难以对每一条街道、每一个地方，了如指掌。毕竟，现代城市总在不断变迁之中，拆旧建新，街道和楼群都在变化，还会有规模的扩大，以至于难以让人形成一个比较稳固的印象。对于新来人口或者过客，他们眼里的城，则似一座迷离莫辨的迷宫。且不说能准确抵达自己想去的地方，就是那些繁杂的街道名和路牌名，也足以令人眼花缭乱，头中一片乱麻。

尽管可以借助一张描绘精确的城区地图，去打量一座城市，但现代城市面貌总在不断更新之中，甚至连地图的转换速度，往往难以跟上它更新的节奏。尽管可以借助乘坐出租车，去穿越那些街道串联而成的城市迷宫，但出租车只能载你抵达要去的地方，并不能帮你认识一座城市。尽管可以借助乘公交或地铁，在苍茫城市间遨游，但单单那些纷繁无比的公交或地铁线路牌，就一样如乱花迷眼，让你无所适从。

所以，人唯有投入其中，去亲近一座城，去熟悉一座城，那萦绕于心底的陌生感惶惑感，才会自然慢慢消失。就像我们想去了解一个人，无论他的外表怎样的冷漠，也无论他的城府如何幽深，走近他，熟悉他，与他投入相交，至相知相契，便可以抵达其内心，真正读懂其人。

花儿一直都醒着

原来,花儿一直都醒着。只是人曾醉陷梦中,且不愿醒来。

1

阳台上,几盆茉莉花绽放开来。

清风阵阵里,茉莉花的芳香,水一般荡过来,如波似澜,绵延跌宕。

情不自禁近前去。

惊叹于如此娇俏玲珑的花朵儿,竟能吐放出这般豪旷无拘的香气来!

2

花香如侵,经鼻息,长驱而入,直透心脾。

意识,在花香淹润里,渐渐变得混沌起来。

眼前那些建筑物的铮铮棱角不见了,化作了茉莉花瓣的造型,婉柔而亲和。

那些积附于心底的现实里的种种彷徨与无奈,也仿佛被这如水的花香荡涤开去;浮漾而起的,尽是生命里的般般温婉与美好。

而灵魂亦随洒脱不羁的花香一道,乘风之舟,悠悠然脱离了躯壳,绕过重重高楼的阻碍,游弋于寥廓宇宙间。

花香氤氲里,掇一把椅子,躺下去。微闭了双眼,人便不觉已恍恍惚惚似入梦境……

3

楼下忽地响起一阵急迫的车笛声,是同伴催促出门办事的信号。

蓦然睁眼时,茉莉花儿明眸如雪,似乎正含笑相望。

原来,花儿一直都醒着。只是人曾醉陷梦中,且不愿醒来。

花香依然入鼻,依然直透心脾。

最后俯下身,深情地嗅一嗅花香吧!

纵有再多不舍,也要转身离去。

毕竟,再美的花香,只能成就一时的梦境,只能慰藉一时的心灵,却不能掩蔽避不开的红尘,更不能寄托长长的一生⋯⋯

月光·幸福

打开你的窗户吧,让月光自由地涌进来,铺泻到床前,铺成一地熠熠生辉的银霜,映亮你内心深处藏着的颓废与晦暗;或者,流淌成一地潺潺的清泉,流进你的心底,去洗涤你内心的污浊与浮躁……

1

夜里。从客厅望过去,对面高高的居民楼里,灯光一片。明亮的灯光,也洒落在客厅前的阳台上。一方阳台,也便光亮如昼了。

可是,当我走出客厅,站到阳台上时,稍稍一抬眼,才猛然望见,高楼空隙间的那方天空上,正悬挂着一轮明月。

啊,原来这阳台上的光亮里,也应有月光的融合,只是,天空上洒下的月光,没有这眼前的灯光炫亮,乃至不曾知晓今夜还有月光降临。

但,月光却是真实存在着,触手可及,近在咫尺。

正如生命中那些真实的幸福——虽一直伴随我们左右,却往往被我们忽略,不曾觉察它的存在。

2

放眼望出去,满城灯火辉煌,五彩斑斓,璀璨迷人。

原本亦是月光倾城时。可是,月光太素淡,太清浅,不及这满城的灯火之浓艳,之热烈。

此时的月光,仿佛只作了陪衬;辉煌灯火,才是主角。

于是,我们的眼里,便常常只见浓艳热烈的灯火,也更倾心于陶醉其中，却不太去留意那素淡清浅的月光，而视之若无。

这像极了我们对幸福的理解。我们有时会偏狭地以为，唯有缠绵悱恻的爱情，才是幸福；唯有锦衣玉食的日子，才是幸福；唯有轰轰烈烈地活着，才是幸福……

我们应懂得，平淡相守里，亦有真幸福；寻常烟火里，亦有真幸福；甘于平凡里，亦有真幸福……

3

层层叠叠的水泥丛林，组成一道道无法逾越的屏障。

就是那轻盈若舞的月光，也难以跳过高楼的阻挡，在城市的所有空间自由地舞蹈。

要想与月光来场亲密的约会，请绕过高楼的阻挡，走到月光洒落的地方，你就可以沐浴在月光中，囫囵感受月光的美好。

也像幸福——它也会被命运中那些诸如困苦、磨难的"屏障"所掩蔽。我们同样需要绕过那些屏障，去主动获取幸福——直至最终拥有幸福。

4

有时，月光会从高楼簇拥间的空隙里，悄然降临到卧室的窗前。

这绝对是一次唯美的降临，且弥足珍贵。不是水泥丛林中的所有窗户，都能有幸迎接月光的造访。

打开你的窗户吧，让月光自由地涌进来，铺泻到床前，铺成一地熠熠生辉的银霜，映亮你内心深处藏着的颓废与晦暗；或者，流淌成一地潺潺的清泉，流进你的心底，去洗涤你内心的污浊与浮躁……

也似幸福。有时，幸福也会悄悄来敲你的门。那么，请及时打开你紧闭的门，笑迎幸福的降临吧。无须迟疑，也不要拒绝，莫让幸福与你失之交臂。然后，牢牢地握住幸福之手，与幸福携手同行——去享受活着的美好……

闭门独享一餐饭

就那么很慢很专注地咀嚼着。鼻息里氤氲着饭菜的香气。时光慢下来,世界静下来……

那天,我紧闭了屋门,也关了手机,远离了外界的干扰,独自在闹市一隅——自己家里,专心致志地吃完了一餐饭。

一个人静坐餐桌旁,面前是自己亲手做出的一钵白花花的米饭,以及三两盘极素淡的菜蔬。少却了满目菜肴的繁冗,也没有应酬式的觥筹交错。试着尽量不去想生活里的凡俗琐事,更不像平时那样一阵囫囵吞枣后,再赶着去做其他的事儿。就那么很慢很专注地咀嚼着,鼻息里氤氲着饭菜的香气。时光慢下来,世界静下来……

此刻的我,作为人的社会属性仿佛消失殆尽,而被还原出一个生命体最纯粹、最本初的生物属性来。味蕾极受用于饭菜的滋味刺激,脏腑极幸福地静候着食物慢慢转化为营养后的滋润。头脑中,所有的凡尘杂念,都在极投入的咀嚼中,一点点被排空。天地间,似乎再没有比进食更让人陶醉、更让人享受、更让人品咂到活着的真滋味的事情了!

可是,值此被速度与喧嚣所充斥的时代,能真正如此用心地吃上一餐饭,却往往成了一件近乎奢侈的事情——这不能不说正是浮躁的现代人生存窘态的一种写照吧。

看灯

还有林立于广场腹地的宾馆，酒楼和歌舞厅外墙上，那一盏盏悬挂着的广告灯箱，流光溢彩，扑朔迷离。

入夜。置身城市广场，放目漫看群灯荟萃。

稍远处，居民楼中灯光浅淡，柔和而温馨；而近前，立杆上的路灯通亮，明灿而清澈。

那散布在广场角落的小灯，酷似一只只伶俐可爱的眼睛；而广场一侧，镶嵌于江岸上的灯束，犹如一串串璀璨无比的珍珠。

还有林立于广场腹地的宾馆，酒楼和歌舞厅外墙上，那一盏盏悬挂着的广告灯箱，流光溢彩，扑朔迷离。

最惹眼的当数广场中央交巡警亭前的警灯，像坐镇于此的神灵，闪烁着笃定而炫目的光芒……

看灯如看人生百相。这眼前的城市广场，不啻一个人生舞台。因了位置的不同，角色的差异，性质的分属，才有了这般的参差错落，色调不一，动静有别。而它们并无尊卑之分，却尽在相得益彰中，共同演绎出城市文明的一片和谐与生机！

于是乃悟：一花一菩提，一灯一人生。

易碎的工艺品

一处装饰华丽的精品柜前,一件小巧别致的工艺品,让我一见倾心:它晶莹剔透,又静如处子。它身出于尘世,却又那么的超凡脱俗。

车流,人潮,高楼,大街,花花绿绿,万种喧嚣。尘世的浮华,犹如梦境,虚无缥缈,却又令人沉醉。

怀一颗随俗之心,穿行于熙熙攘攘之中。我的心中一片空茫,一双眼眸迷离不定,似乎总想寻觅点什么。

终于,一处装饰华丽的精品柜前,一件小巧别致的工艺品,让我一见倾心:它晶莹剔透,又静如处子。它身出于尘世,却又那么的超凡脱俗。

虽标价不菲,我仍如获至宝般,慷慨解囊而得之。

因是易碎之物,一路上,我将它牢牢握在手心,唯恐有个闪失。

然而,当经过一个十字路口时,为避开飞驰而至的车子,我一个趔趄,手中之物猝然坠地,顷刻间,破碎成渣,成片。

茫茫都市里,我们曾经"众里寻它千百度"才苦苦得到的事物,抑或感情,一如这易碎的工艺品,往往会因为我们的某次不慎,而香消玉殒,毁个一塌糊涂,毁个万劫不复。

一只闹市中安睡的犬

仿佛所有尘嚣,都已遁隐在时空之外——与这只犬的梦乡,仅隔着薄薄的眼皮的距离。

喧嚣闹市中,车来人往的大街边,一家女性服装店门前。

一只花白的犬,安然蜷伏着——两眼微闭,神态安详,似正享受着梦乡之美。

不断有车,按着喇叭驶过这里;犬,依然安睡着,不为所扰。

不断有人,说着闹着走过这里;犬,依然安睡着,不为所扰。

微暖的阳光,温柔地亲吻着这只安睡的犬。

仿佛所有尘嚣,都已遁隐在时空之外——与这只犬的梦乡,仅隔着薄薄的眼皮的距离。

走近这只安睡的犬,为它于闹市中的淡然与笃定而感佩。

臭豆腐

正如遇见这样一类人，他们虽有着馨香的品质，却因其亦有着和臭豆腐一般令人畏避的外在，使得我们不愿轻易与之亲近，而彼此在生命里失之交臂，徒留几多遗憾！

臭豆腐，是街头小吃中的一朵"奇葩"，因其风味独特，而为大众所青睐。

当你走在街头，那散发在空气里的浓浓"臭味儿"，会强烈地刺激着你的嗅觉。可这臭豆腐，虽闻起来臭，却吃起来香。

常常看那些"吃货"，偏偏冲着臭味儿，凑到臭豆腐摊位边，选上一小碟，让老板拌上辣椒、酱料、香油、蒜汁等。然后，迫不及待地夹一块来放入口里，瞧那贪婪品咂的模样，甭提有多享受啦！

然而，我们或许会因为忌惮于臭豆腐那过于张扬的"臭味儿"，而对之"敬而远之"。于是，我们就会错失品尝这道人间美食的机会。

在都市人群里，正如遇见这样一类人，他们虽有着馨香的品质，却因其亦有着和臭豆腐一般令人畏避的外在，使得我们不愿轻易与之亲近，而彼此在生命里失之交臂，徒留几多遗憾！

与城市亲密相拥

在内心也安放一只"垃圾桶"

生活在繁杂喧嚣的都市里,每个人的内心,也会不断产生各种"垃圾"。那么,且请在你的内心,也安放一只这样的"垃圾桶"吧——及时地处理掉那些心理垃圾,让你的心境,得以保持一份永远的洁净与美好!

垃圾桶——乍听起来,一种并不讨人欢心的东西。可是,就是那一只只伫立于城市街道边的垃圾桶,却在维护一座城市的文明形象方面功不可没!

城市中,由于人口的相对密集,人流量大,几乎每时每刻,街道上过往的行人,都会有抛丢手里垃圾的可能。倘使随意丢到地上,则不仅会加重环卫工人的劳动负担,更会玷污都市的美丽容颜。

于是,那一只只安安静静地站在街边的垃圾桶,则责无旁贷地担负起吸纳这些垃圾的光荣任务。因其具有着与行人近在咫尺的优势,以及它们那醒目的标识,它们便常常在第一时间,温馨提醒着行人将手里的垃圾,准确地丢入它们那默默张开的大口里。

垃圾桶的存在,在潜移默化中对市民起着文明导向的作用,可谓"润物细无声"!

不敢想象,长长的街道边,缺了那一只只垃圾桶,会是一番怎样不堪的景象——垃圾遍地,污物满目。再繁华的城市,亦将是何等的黯然失色?

可喜的是,随着城市建设的不断进步,那一只只伫立于街道边的垃圾桶,从其造型、色彩和实用功能等方面的设计上,更趋尽善尽美。它们在吸纳垃圾、维护街道整洁的同时，也蔚为壮观地形成一道道独特的都市风景线。

　　生活在繁杂喧嚣的都市里，每个人的内心，也会不断产生各种"垃圾"。那么，且请在你的内心，也安放一只这样的"垃圾桶"吧——及时地处理掉那些心理垃圾，让你的心境，得以保持一份永远的洁净与美好！

笼子·鸟·人

我们许许多多生活在都市里的普通人，也像极了这样一只小鸟——长期被围困在这一片水泥丛林围成的硕大笼子里，已渐渐变得麻木而迟钝，渐渐丧失了飞翔的能力，失却了生命的原本形态！

走在街上，迎面撞过来一位手拎笼子的老头。

因擦肩而过，无意中身体轻轻碰撞了一下，老头手里拎着的笼子里，忽地传出一声久违的鸟叫！

我心下微微一惊，继而暗喜。目光射过去，见着一只灰黑色的小鸟，孤零零地站在笼子里。许是因受震动而受了惊的缘故，那小鸟的双翅微微晃闪了一下，却又很快收拢不动——那叫声，也应是从它那小小的喉咙里发出来的。

只是，那叫声，并不清脆，还有几分嘶哑——淹没于周遭的喧嚣声里，细若蚊吟。这与野外那些鸟叫声，有着极鲜明的差别：前者是干涩的嘶鸣，后者是悦耳的天籁。

趁着老头停了脚步，伫立一旁小憩时，我再定睛细瞧。见着笼子里的小鸟，一对小眼睛黯淡着，没有多少神采，基本敛缩着身子，显不出多大的活力。

最让我不忍目睹的是，那对原本可以像机翼一样张开来自由飞翔的翅膀，此刻是一种半萎缩半僵硬的状态。这只小鸟，在笼子里被关久了，恐怕早已没有了振翅而飞的憧憬——至多偶尔被主人连笼子一起拎着，在大街上荡上一圈，便权且算是一次"羞涩"的飞翔吧！

我抬起头来，望望熙来攘往的人流，望望四下重重高楼，我心底忽地涌起一阵深深的悲哀。我们许许多多生活在都市里的普通人，也像极了这样一只小鸟——长期被围困在这一片水泥丛林围成的硕大笼子里，已渐渐变得麻木而迟钝，渐渐丧失了飞翔的能力，失却了生命的原本形态！

如何让自己冲破"笼子"之困，让生命的双翼获得自由——这应是生活在都市里的人和鸟共同探讨的问题吧！

与城市亲密相拥

思索在灯火都市夜

斑斓灯火，成就了一座城市的妩媚多姿，也丰富了都市文明的无限内涵——这灯火斑斓，不正是我们当下生活的写照吗？

1

夜色如烟，悄然降临时，街上万千灯火，如花开一般，次第绽放。一忽儿，已是满城灯海，一片璀璨。

而在遥远的乡村呢，却不会有这般景象。只会在夜色四合里，依稀闪烁着或明或暗的灯光。乡村的灯火，只是苍茫夜色里简洁而朴素的点缀吧。

都市则不然，这里的灯火，是夜的主色调，是都市夜生活的大背景。没有璀璨灯火，便没有都市夜的美妙，便没有都市的灼灼其华。璀璨灯火，是都市有别于乡村的一种鲜明特征。灯火璀璨，照见都市夜的风情无限。

要领略都市之美，且看满城烟火去。正如欣赏一个美人，盈盈明眸，便是其最动人之处。而璀璨灯火，则是都市夜的盈盈明眸——所以，大凡审美，都可以有一个合宜的角度。

2

满城灯火，将昼与夜，豁然隔开来。

白日里的都市，巍然耸立的建筑群，反射着炫目的日光。街头，行人步履匆匆，漠然赶着各自的路。多少都市中人，像极了一只只辛苦觅食的鸟儿，在水泥丛林的夹缝里，拼着命忙碌着。

都市的白昼，像披着僵硬而没有血色的外壳。人，基本只处于生存的状态。

当华灯终于如繁花般开遍全城，一个无比美妙之夜，便粉墨登场。都市有了一个华丽的变脸。灯火辉煌里，都市褪去了白日里的冷漠与生硬，而有了温暖且柔润的质感。人们纷纷卸下一身的疲惫，欣欣然且悠悠然，融入五光十色的夜生活中，去享受生活的乐趣……

灯火，滋养了一座城，更滋养了人心。

世上有些风景，竟可以成为生存与生活的分水岭。

3

有时会站在城外，遥望满城灯火——宛若天上的街市，如梦如幻。有时也会登高，俯瞰灯火满城——好似明珠串缀，美轮美奂。

灯火之美，美得让人心惊！没有谁会诟病这种越来越趋于极致的美——它毕竟是现代都市文明日益彰显的一种象征吧！

灯火之美，是都市魅力的外现。

正如一朵花，一幅画，一个人，其外现之美，常能在第一时间内征服人眼，乃至人心。

不过，遥望也好，俯瞰也罢，都只在灯火之外，在城之外。

若要真正领略都市的风情，须得走进去，置身其中——好比想了解一个人，须得贴近他（她），且最好进入其内心，方能熟谙其品性。

4

大街上，各种灯造型不一，色彩各异，交相辉映出一场视觉盛宴！它们共同装饰了都市雍容华丽的姿颜。恰似美人的花容，是袒露的美，是用来展示的美，是可以美到极致的美！所以，看一座城市繁华与否，常常只须看街头的灯火所呈现的魅力如何——正如我们评价一个美人，第一眼亦常常是看她的容颜。

那些道路旁或小巷里的路灯，不必花花绿绿，唯一重要的是，足够明亮，最好亮如白雪。明亮的光照，照见路人脚下的路，更照见人心的善与恶。如果一座城市纵然有绚烂的街灯，路灯却不够明亮，甚至不能正常照明，那么，这必将成为繁华都市中一处不容忽略的败笔。正如一个人，纵然有光鲜的外表，但某处致命缺陷，必会让其形象大打折扣！

而那些养尊处优于都市腹地的灯呢？比如咖啡屋、歌舞场、洗浴城，乃至曲径通幽处的发廊……会呈现出扑朔迷离的色彩——"暧昧"的色彩。因为"暧昧"，总会衍生出某些考验人性的东西——纯洁与污秽，道德与沉沦，灵魂与肉体……可这些灯光，却是灯火都市夜的巨幅画卷中不可或缺的重要色彩。或许，恰因了其"暧昧"色，才烘托出都市夜生活的旖旎风情吧！

斑斓灯火，成就了一座城市的妩媚多姿，也丰富了都市文明的无限内涵——这灯火斑斓，不正是我们当下生活的写照吗？

5

明艳的灯火，映亮了全城，创造了一个没有黑夜的都市之夜。当空的星月，也仿佛黯然失色，而不幸沦为满城灯火的一种陪衬。

人在灯火绚烂中穿行，如游仙境。满眼尽是炫目的光与色，整个人囫囵浸没于一片流溢的华彩里……

不经意间，蓦然回首，却见一隅处，独灯火阑珊——我们的人生亦如此，不可能总是一路光华灿烂，也会遭遇灯火阑珊时……

都市田园

《归去来兮辞》:"归去来兮!田园将芜,胡不归?"

——东晋·陶渊明

时常听到身边的一些朋友感慨说:在城里待久了,一个字:烦。哪天回乡下去,过田园式的生活,有多好!不错,向往田园生活,已渐渐成为一部分现代都市人的复古式生活理想。"采菊东篱下,悠然见南山。"陶渊明笔下的田园,给我们展示的,是一种何等淡泊清静的境界。田园的魅力,或许在不久的将来,会越来越充分地体现!

相对乡村而言,城里确有一些它的"不尽人意":污浊的空气、纷杂的噪声、拥挤的人流、堵塞的交通、狭小的空间、闭塞的视野,更有无休无止的工作压力、超速运转的生活节奏、疲于应付的人情世故……无不鲜明地彰显着都市生活的种种窘况,刺激着我们脆弱的神经,让我们的心灵,越来越不堪重负!

于是,我们在喘息与困惑的间隙里,会自然而然地萌生逃离都市、回归田园的念头。

作为在乡下成长起来的我,对那片哺育我长大的田园,更有一份难以割舍的情怀。每逢节假日,我总会携妻带子,像出樊笼一般离开都市,回乡下老家散散心。置身青青田园,放眼旷阔原野,沐浴着清新的空气,倾听着四围的天籁,我们的身心,感受着极大的愉悦与放松。我会情不自禁地念上几句陶渊明的《归去来兮辞》:"归去来兮!田园将芜,胡不归?"我也曾跟妻许诺似的说:"等我们将老之时，就在这里修篱种菊，过与世无争的田园生活。"妻笑应：

"好的，不过来日尚久。"是的，这只是我们未来的一种生活理想而已。毕竟，来日方长，我们还得在充满竞争的都市里继续拼上若干年！

因此，在繁华与世俗、文明与龌龊并存的都市，我们只得在一半憧憬与一半挣扎、一半清醒与一半麻木中，涛声依旧，维持着我们当下的生活。

可是，同样居住在都市，有些人却能以自己的方式，活得很惬意，很滋润，很令人羡慕。

李大伯退休后，没有回乡下老家颐养天年，而是另辟蹊径，在城里一处废墟上，与另几位老人一道，各自开垦了一块菜畦。他们在地里种起了庄稼，比如红薯、土豆，还有番茄、大白菜等。李大伯说，每当站在那块菜畦里，就仿佛觉得自己经历了时空穿越，被还原成一位农人……

张大哥则在自家天台上，因地制宜：栽花、种草、培植果树，还种蔬菜。这方天台，俨然成了一片生机盎然的绿地！每当他从喧闹的街市归来，回到这方天台，他的心情就会格外舒爽。在花香馥郁里，摘几只果子，采几片菜叶。他浑然忘却了周遭林立的高楼，恍若置身于一个无比惬意的开放世界……

陈女士是一家公司的白领。工作节奏快，压力大。每当回到家里，她便会抽出一段时间，坐到心爱的钢琴旁，投入地弹上一阵旋律优美的乐曲。在天籁一般的音乐声里，她享受着一种无与伦比的畅快。她好像嗅到了原野里泥土的气息，听到了树林里鸟儿的鸣叫，望到了蓝天上悠悠的白云……

吴先生是某机关单位人事部干事。工作特性决定了，白日里他会被烦琐的工作所烦扰。而在夜深人静时，他则习惯于独坐书房。

或遨游于书海,或沉浸于写作。那些轻灵而自由的文字,犹如最贴心的知己,或与他娓娓交流心曲,或将他引入一种超然物外的至美至真的境界……

原来,喧嚣都市里也有清静"田园"。田园,可以是一块菜畦,一方天台,一架钢琴,一间书房……田园,其实就驻扎于我们心灵的一隅!"归去来兮",应该归来的,不是肉体,而是精神。与其让肉体回归乡土的田园,不如让精神回归心灵的田园!

第六辑
城市万象

气势恢宏,景象万千。这动人心魄的城市表象下,潜藏着多少更为扑朔迷离的人间世相……

与城市亲密相拥

自由生长的快乐

那些培训机构,则成了一处处埋葬他们童年和少年的"都市坟场"——只是因为上面有"绚丽的光环"罩着,他们不觉"恐怖",而是习惯了在父母们以"培养"之名,被乖乖送去那里,并俯首顺从,且不知"逃离"……

那一年,携妻儿从乡下迁入城里定居。刚满八岁的儿子小杰,在居住地所在街道一所小学入读二年级。

一进城,我们便发现一种明显有别于乡下的都市现象:城里相当多的孩子,由几岁至十几岁不等,在周末及节假日,总会去到诸如"××培训学校""××培训中心""××教育"等地方,参加五花八门的课余培训。

上街随便逛上一圈,便可见着各种培训机构的宣传广告,不仅遍处皆是,而且形式多样。比如,街边的墙壁上、香烟摊和书报亭处,都贴着各个培训机构的招生广告;还有一些人举着广告牌在人群中流动;就连坐公交车,车内小电视里也滚动播放着不少招生宣传……

这些培训机构分布广、数量大,在城里许多街道都可见着它们那醒目的门牌标识。而且生源都还不差,足见其市场效应之热!

我和妻赶紧一合计,便决定也迎合一下这股蔚为浩荡的都市潮流,让小杰去接受课余培训。

我们经熟人引荐,去了城中心那家知名度较高的一家艺术中心。该中心租用了原市文化馆共五六层楼房,每一层分别开设有书法班、绘画班、琴乐班、舞蹈班、武术班等。去时,与许多上楼下楼的学生和家长摩肩接踵,有些在报名,有些在接受培训,吹拉弹唱声氤氲不绝,四下里洋溢着一股浓厚的学习艺术的氛围。

结合小杰秉性安静且肢体柔韧的特点,我们当场给报了两个项目:电子琴和拉丁舞。当时,小杰扑闪着天真清澈的眼眸,一双小手轻轻扒着几乎与他平肩的柜台,静静地望着我和他母亲为他填写报名册、付钱——他却不知道,他忙碌而紧张的课余生活,已就此悄悄拉开了序幕……

之后的每个周末,小杰都得按时坐上公交,去那里学习电子琴和拉丁舞。在家时,不但要完成学校老师布置的较乡下时多得多的家庭作业,还得抽出时间来练习弹上一阵电子琴、跳上几段拉丁舞。小杰悟性高,又肯学,两样项目很快渐入佳境。我们又忍不住给他加报了"小主持人"培训,意在培养他的台上讲话能力。这一来,小杰便同时参加了三项培训,且一直坚持到小学毕业。看似短暂却又漫长的五年时光里,除了周末,几乎所有节假日,包括寒暑假,小杰都把自己相当多的课余时间,交付了培训中心。同时,他又得应付越来越繁重的学业任务,由此牺牲了一个本该属于孩子的一些快乐。

终于,表面平静而顺从地接受几项培训的小杰,一朝挥笔写成一篇作文《爸爸妈妈饶了我吧》,发自肺腑地抒发了一个孩子内心的不堪承受之重,该文连续被几家报纸刊发——或许,他喊出了不少城里孩子的心声吧!

其实,作为父母,我们的内心亦矛盾着。一方面,亲睹儿子的辛苦与忙碌,我们怎能不心痛呢?可儿子在各个项目上的上佳表现,又让我们"痛并欣慰着"。另一方面,瞧着人家的孩子都在参加"轰轰烈烈"的各项培训,又担心儿子"输在起跑线上"。可怜天下父母心——谁个又不"望子成龙""望女成凤"呢?

于是,那些培训机构,便仿佛是罩着"绚丽光环"的理想之所——培养孩子成才的摇篮,培养一个个未来的"××家""××星"

的圣殿。所以,孩子们在那里再忙再苦,家长们也会义无反顾地将他们送达。即使以"剥夺他们的童年和少年"为代价,即使一年要向那里交上一笔不少的费用,即使也不得不在自己本就忙碌而琐屑的日常生活或工作间隙里,再挤出时间和精力来陪着孩子一起投入其中。如我和妻,常在家里督促小杰练习弹电子琴、看他跳拉丁舞,帮他准备主持人演讲材料。逢上培训中心组织集体活动——露天现场表演或去外地参加比赛等,我和妻都会和无数家长一道,暂时放下所有身边事情,去当现场"最忠实的观众",去为孩子"加油""助阵"……

随着学业升级,小杰慢慢减掉了拉丁舞和主持人培训,至初三时,电子琴考完级,也暂告结束。我们一家的重心,又转移到了儿子的学业成绩上。幸得小杰学习潜质不错,且用功,才不至于去那些培训机构补习文化课。但单单就他那些繁重的作业,就足以占尽了他周末和节假日的时光,足以淹没他几乎整个的少年!

而乡下的孩子们,他们的童年和少年,基本是纯粹而完整的。他们的童年和少年,在嬉戏的树林里,在奔跑的山坡上,在游水的池塘里,在笑闹的院坝中。他们就像一朵朵自然绽放的花儿,像一棵棵自然生长的树木——可城里的孩子们哩,他们则像被囿于花盆里的花朵,像被人工修剪、造型而中规中矩生长着的园林,缺了自由绽放的芬芳,缺了自由生长的快乐!而那些培训机构,则成了一处处埋葬他们童年和少年的"都市坟场"——只是因为上面有"绚丽的光环"罩着,他们不觉"恐怖",而是习惯了在父母们以"培养"之名,被乖乖送去那里,并俯首顺从,且不知"逃离"……

红绿灯下

在我们更为广义的生活空间里,各种各样看不见的"红绿灯",一样高悬于我们生命的斑马线上,随时随地给我们以提醒和约束。

高悬半空的红绿灯下,照见的是都市里忙而有序的常态化景象。

红灯暗,绿灯亮。斑马线上,无数车辆,河流一般涌过。而这条河流的两岸,是静立观望等待着的人群。

绿灯暗,红灯亮。车流戛然而止。两岸人群如得号令,赶着穿越斑马线。

如此景象,循环往复。日日月月,不曾改变。

斑马线上的红绿灯,是无声的交通警察。始终指挥并规范着车与人的日常运行,也培养着市民们良好的交通意识。

在我们更为广义的生活空间里,各种各样看不见的"红绿灯",一样高悬于我们生命的斑马线上,随时随地给我们以提醒和约束——要我们在道德和法律许可的范围内,正正当当地处世为人。

谁若擅闯红绿灯,谁就会受到相应的惩罚——这当是我们身处城市里的每一个人所应恪守的准则。

与城市亲密相拥

斑马线上的争与让

M君在斑马线上的态度,让我肃然起敬。这不仅仅体现了一位普通司机对交通安全的高度重视,更体现了一个人对生命的无比敬畏!

某天,坐朋友M君小车,上街闲遛。

M君驾驶技术娴熟。在密集的车流中,他气定神闲地操控着方向盘,穿梭自如,游刃有余。

一路上,M君也不时与我轻松闲侃。不过,他的视线始终盯住车头前方不曾移开。

每当接近一处斑马线时,M君总会条件反射似的减缓车速,眼神里也浮上几丝庄重。而通过斑马线时,M君更是小心翼翼,若遇有行人穿越,他会主动刹住车,让其通过,从不曾与行人争道。

M君优良的驾驶风范,尤其对斑马线的谨慎态度,让我不禁对他连声称赞。

"这不过是我身为司机的应有态度嘛,呵呵。毕竟,斑马线即生命线啊。斑马线上,车与人的对决,强弱悬殊自分。所以,在我看来,车当让人,不与人争,实属天经地义之举。"M君谦谦一笑,接着与我娓娓道开去,"先前,我还未自己开车。每过斑马线,心里总是发毛,唯恐被那穿梭的车辆碰到。一次,与一朋友逛街。正穿越斑马线时,朋友因稍快了几步,被一辆小车撞个正着。朋友重伤,后送医院医治无效身亡。而该司机还以'正常行驶'为由,拒绝承担相应责任。目睹那次惨祸,我便暗下决心,日后若自己开车,在斑马线上,一定礼让行人……"

说话间，又接近了一处斑马线。M君一边习惯性地减缓了车速，一边拿眼观望前方，看看暂时无人通过，才将车开上了斑马线。

突然间窜出一个男孩，让M君始料未及。幸得M君反应快速，骤然刹车——男孩几乎与车头贴身而过，让我和M君都倒吸了一口凉气！

男孩扭头朝车内的M君瞥了一眼，一呼啦跑过斑马线，转瞬混入了熙熙攘攘的人流里……

此般情形，若换在脾气较坏的司机身上，兴许会冲着男孩骂上几句以消气。可M君却平静地目送男孩的背影，脸上反而露出了欣慰的微笑。

M君在斑马线上的态度，让我肃然起敬。这不仅仅体现了一位普通司机对交通安全的高度重视，更体现了一个人对生命的无比敬畏！

对街头传单说"不"

那些漫天乱飞的街头传单,宛若泛滥在都市空间里的视觉垃圾,也污染着我们的精神世界。

上街走着时,总会遇见一些站在路边向你"打招呼"的陌生人。他们打招呼的方式,就是晃动他们手里的传单,并会抽一份塞到你面前,不管你愿不愿接受。

传单的形式五花八门,根据平时眼中所见,稍作归纳,一般有这些:黑白或彩色复印或打印纸单,卡片式,报纸式,刊物式等。它们都有一个统一的"标签"——广告。无非是向行人宣传诸如化妆品、服装类、手机、电视、医疗技术、保健品、商品楼等,可谓内容繁多。且随着这种街头传单的日益泛滥,其花样和内容还在不断翻新和变化着。

街头传单之盛行,令人咋舌。有时你沿街走过去,会连续遇见好些个分发传单的人,大有让你应接不暇之感。如果你不善拒绝,保证常常会被他们往你手中塞进一大摞传单,占据你的手上空间。

其实,这些街头广告类传单,大多夸大了其所宣传之物的实际价值,没有多少可信度。有些根本就是"忽悠人"的。更有一些传单会误导你"走入歧途",或者其他非正当之物。想想,要是真是名副其实的好东西,或者上档次的精品,何妨大大方方在主流媒体上广而告之,又何必做此令人不屑的街头小广告呢?尽管也确有一些宣传的是货真价实之物,可在步履匆匆中,谁个又能在短时间内辨别其真伪呢——何况正如前所述,其中大有"糟粕"。

所以,当那些传单塞到你面前时,最好决然对它们说声"不"!

那些漫天乱飞的街头传单，宛若泛滥在都市空间里的视觉垃圾，也污染着我们的精神世界。或许我们不必理睬它们——正如对待人生旅途上的那些诱惑或者干扰，漠然置之，是一种人生智慧，亦是一种处世态度。

镌刻善良

孩子终于拿着钞票,一步三摇地直奔流浪歌手面前的木盒子而去。刚走出几步,孩子又忍不住暂停了脚步,回头望向母亲。

街头一隅。一位手臂上、脸面上明显留有烧伤疤痕的流浪歌手,正用自己饱含真情的歌声,向过往行人乞求着爱心捐赠。不时有行人往他面前那只开了口的木盒子里,丢进面额不等的零钞。

一位年轻母亲,牵着刚学会走路的孩子,一起往这边走来。在熙攘的人流里,孩子的身影是那么微小,走路的步子都还有些不稳。接近流浪歌手摊位前时,母亲停下脚步,拿一张零钞,放在孩子小手里,一边对孩子柔声地说着什么,一边用手指着那只木盒子。幼小的孩子,神情有些迷茫,不知所措。

母亲蹲下身,再次附在孩子耳边,耐心地说着什么。孩子终于拿着钞票,一步三摇地直奔流浪歌手面前的木盒子而去。刚走出几步,孩子又忍不住暂停了脚步,回头望向母亲。母亲微笑着直朝他挥手,嘴里喊着什么,目光里满是鼓励。孩子像被一种力量驱使着,继续摇摇摆摆地往前迈步。

不一会儿,到了木盒子跟前,孩子小手笨拙着,试了几次,都未能成功地将钞票丢进木盒子的开口里。孩子嘟起小嘴,正着急间,母亲赶紧几个大步跨上来,捉住孩子捏着钞票的小手,一道往木盒子的开口里送。流浪歌手连声颔首道谢。孩子憨憨地抿嘴而笑。母亲在孩子可爱的小脸上亲了一口……

想及如今不少都市里的年轻父母们,"望子成龙""望女成凤"之心甚切。他们往往会着力培养孩子"成才"的品质,比如,让孩子上舞蹈班、书法班、口才培训班，以及奥数班、外语启蒙班……为了适应现代社会日益激烈的生存竞争，这本也无可厚非。但他们往往会忽略了培养孩子"做人"的品质，比如谦虚的品质、诚实的品质、信用的品质、善良的品质等。后者的培养，其实应丝毫不亚于前者！

那位母亲用自己的一颗慧心，在孩子还空白着的心灵底板上，镌刻下了"善良"二字！

与城市亲密相拥

挤——都市人生里的宿命

在挤公交的过程里,慢慢挤出了与一座城市的情感交融,挤出了对凡俗生活的无比热爱,也挤出了一份历久弥强的竞争意识——挤,是都市人生里的宿命,非"挤",不能在攘攘都市里谋得赖以生存的一席之地!

恐怕大凡在城里生活或工作的人,都有过或正在体验着一种最寻常却又最闹心的经历——挤公交。

"挤"字,可谓极贴切地形容出了城里公交的运行特征。城市毕竟是人口聚集之所,尽管也有那么多的出租车、私家车在马路上跑,但似乎很难有效缓解公交运输的超负荷压力。

一天中,最能体现挤公交之"盛况"的,当数早、中、晚三个上下班高峰期时段。而最具代表的,一般又常在中心街区的公交停靠点。

斯时斯地。但见一批又一批乘客,从各个地方潮水一般不断地赶过来,先是将站牌处挤得水泄不通,然后是一辆又一辆常常已载了不少乘客的公交车,从始发站急急赶来。

车刚刹住,车门未开,早有一团人蜂拥而上,如见救星降临。

车门打开的一刹那,门边候着的人群一阵骚动中,赶着忙着,直往车上挤——这般非文明现象,虽并非所有城市里的"主流",亦多为一些有识之士所诟病,但它确也充分暴露了城市人口膨胀所带来的交通症结!一般费了九牛二虎之力挤上车的乘客,被打开的车门像灌香肠一样,一个一个往车内塞。不断有人或尖叫"踩着脚了"或闷吼"要背气了"。可车门外还继续有人拼了命要往里面钻!直至车被塞得爆满了,车门才终于艰难地缓缓闭合——车门口也几乎没了空间,有乘客就被堵在那里,倚门而站。

严重超载的公交车,"扑——哧"喘了声粗气,然后才启动四轮,开始了行程。

刚刚经历了挤车之苦的乘客们,其"苦滋味",还远未尝够。在如此高度挤塞了的且相对封闭的铁盒子一般的车子里,可用"令人窒息"一词来形容之!人是几乎不能动弹的,也几乎不能顺畅地呼吸。若是冷季,还能挤出点"热量"来,有"暖身"之效;但若是热季——尤其在过去车上无空调的年代,那份"罪",可就够受的了。那么多的人体散热器,让空气本就不甚流通的车内,雪上加霜,令人倍觉呼吸不爽。加上各类繁杂的气味儿混在一块,简直叫人晕眩!

挤归挤,罪归罪,多少年来,公交的"生意"长盛不衰。

但,一个人,若想融入城市,就得有挤公交的勇气与坦然。

我素来是个挤公交的"热心肠"。自打进城安家以来,便渐渐习惯了挤公交——乃至一直作为日常人生的必修课之一。

我虽有"个小灵活"的先天优势,但每每在公交运输高峰时,仍会尽量先让那些比我还弱势的乘客上车——或许他们还有在车上找到座位的机会吧,坐着则会相对轻松些。待到终于上了车,有时因挤得太凶,便根本无须抓扶手——人多手多,也无扶手可抓。人就那么束手而站,也无须担心刹车时人会有摔倒之危——整个人基本被周围人墙紧紧贴着,安全得很!

但我依然可以在密不透风的被压缩了的空间里,均匀地呼吸着,淡然地微笑着——因为此时此刻,我嗅闻到的,是都市普通百姓身上最醇厚的气味儿。我亦是平凡的一员,我不可能也不应该逃离开这原本属于我们自己的真实生活——我就偏爱这真实生活里的"水深火热"!

就这样,日复一日,月复一月,年复一年,我随无以计数的都市普通人一道,在挤公交的过程里,慢慢挤出了与一座城市的情感交融,挤出了对凡俗生活的无比热爱,也挤出了一份历久弥强的竞争意识——挤,是都市人生里的宿命,非"挤",不能在攘攘都市里谋得赖以生存的一席之地!

失落的同情心

儿子漠然地望着眼前的一幕，没有任何反应。我虽也站在围观的人丛里，可在很大程度上不过是为了欣赏那动人的二胡乐和漂亮的小楷字而已。

冬日晨。我带着儿子一起上街。冷风如刀，切割着露在外面的耳朵与脸鼻。大街上，人们大都用羽绒服或棉毛衣，严严地包裹着全身。人们口中，以及奔驰着的车尾，盈盈升腾着一缕缕白雾。那些钢筋混凝土筑成的楼房，犹如一幢幢凝固着的冰砖，僵直地矗立着，在微微日光的照耀下，反射着怕人的寒光。儿子手揣在衣兜里，身子紧紧地贴着我，与我相拥而行。

可就是在这样寒冷的大街上，一位几乎半裸着上身，衣着极其单薄的缺失了双腿的汉子，却还躺卧在冰冷的水泥地上，瑟缩着身子，向过往行人乞讨。他面前的纸盒里，倒也有了一些面额不等的零钞。

当我和儿子经过他的身边时，汉子冲我们伸出已冻得红肿的手，嘴里念叨着："行行好。"我们犹豫着。这时，有一位姑娘路过，往汉子的纸盒里丢了一张一元零钞。汉子迭声说着"谢谢"。我正要从衣兜里摸钱。儿子却扯了扯我的衣角，嘀咕着："爸，别给，他是骗人的……"我闻言，也不由缩回了手。

儿子拽着我的手，继续前行。瞅瞅身边表情冷淡的儿子，我的心中，颇有感触。"他是骗人的。"儿子的话语里，表达的是漠然，亦是怀疑。但以前，遇到类似情形，儿子可不是这样啊！

两年前的某日，儿子随我上街。在繁华的大街边，一个双腿反弓到背后、衣衫褴褛的小伙子，以膝跪地，向路人乞讨。偶尔会有一张零钞或者一枚硬币，落到他面前的金属盆里。"爸爸，他好可怜啊——"儿子望着地上的小伙，爱心大动，"给他钱吧。"说着，儿子掏出了他身上准备买玩具的钱，并随手选了几张，大概有十来元吧。小伙子冲儿子频频传送感激的眼神。儿子脸上乐开了花。

自那以后，儿子上街，每每遇见乞讨者，他一般都会比较慷慨地施与，从不吝啬。

不过，时日稍长，儿子见到的乞讨多了，也渐渐降低了施与的热情。

尤其是有一次，儿子无意听见了几个大人的谈话。"别看那家伙白天装成个瞎子，在街头要钱。一到晚上，他就会用要来的钱，去歌舞厅或酒吧潇洒。""嗯，街头的这些乞讨者，有些也并非自愿，而是被人在幕后操纵，替人家挣钱，唉……""……"一旁的儿子，听着听着，竟有泪水涌出，口里喃喃自语："原来他们是骗人的——"此后，再遇着街头乞讨者，无论他看上去多么可怜，儿子都不会轻易奉献他的爱心了。

"……"一阵凄凉的二胡乐打断了我的思绪。我的目光又碰触到另一处街头乞讨的情景：一位衣着同样单薄的中年人，捧一根长笛，正吹奏着低回哀婉的阿炳名曲。他身旁的地上，铺了一条薄薄且肮脏的布毯；布毯里半裹着一个怏怏无神的男孩。布毯前面，还放着一张写有毛笔小楷的字幕。大意是：小子重病，家贫，无力承担医疗费用，特向大家募款，好人好报云云。不知是二胡乐的魅力，还是那几行小楷的吸引，驻足围观者还真不少，可真正往他们地上搁着的碗里丢钱的，却并不多见。

儿子漠然地望着眼前的一幕，没有任何反应。我虽也站在围观的人丛里，可在很大程度上不过是为了欣赏那动人的二胡乐和漂亮的小楷字而已。"走吧，爸爸，八成又是骗人的——"儿子拉了拉我的衣角，催促我离开。我想了想，劝儿子说："孩子，还是给他们点钱吧，假若他们真是有难呢？"这时，有位慈祥的老婆婆弓下腰，往那碗里丢了一张五元钞票。我也趁机给儿子手里塞了两元零钞，轻轻推了推他："去，放碗里，算献点爱心吧。"儿子略略迟疑着，在我的眼神鼓动下，他才终于不大情愿地嘟着嘴，把零钞丢进碗里。

我挽着儿子的手，慢慢地离开。我一边走，一边想：或许，前面某个街道处，还会出现类似的乞讨者，我们又将以何种心态待之？在城市繁华的街头，这样的乞讨者很多，从过去到现在，抑或将来，也许，他们都不会轻易地消失。他们不啻城市靓丽容颜上一道挥抹不去的"伤疤"。然而，这道伤疤的长期存在，给我们这个社会又带来了什么——当那些善良的人们，一次又一次疲于应付似的施与他们的同情心，同时还不得不提防他们的善良可能被利用、被欺骗。久而久之，他们的同情心也终有"疲劳"之时啊！尤其是对于孩子们而言，正如我年少的儿子，随着时光的一点点堆叠，那道伤疤亦会一点点慢慢覆盖了他们心灵中原本的纯真与热忱。倘若他们的同情心早早便出现了疲劳，那么真正该让他们奉献爱心的时候，他们会如何表现呢？

香蕉皮之祸

惹祸的,不是香蕉,而是长期植根于公众意识里的对身边事物的习惯性漠视。

一块香蕉皮,极醒目地躺在大街人行道中间。它在人们的眼皮子底下,似乎被视而不见。好长时间,它一直在那儿躺着,没有人愿意躬下身去将它拾起,并顺理成章地丢进一旁近在咫尺的垃圾箱里。

后来,悲剧终于发生。一位老大爷不慎踩在香蕉皮上,脚下一滑,重重摔倒在地,不幸猝发脑溢血而当场殒命!

再后来,有好事者将此事件以《香蕉皮之祸》为题,连同现场图片传到网上,引发网友热议。

最后,大家达成共识:惹祸的,不是香蕉,而是长期植根于公众意识里的对身边事物的习惯性漠视。

在社会生活中,很多时候,简单如一个躬下身去的动作,拾起的——不只是整个社会的温度,更是我们每个人应尽的一份责任。

免费体验

佩服此类机构"颇具匠心"的营销策略。至于对其所宣传的产品的科学性与实效性的探讨与验证,其实并不重要——至少我个人对其是持了"怀疑态度"的。重要的是,它生动揭示了本为大家所熟知的一条道理——天下没有免费的午餐!

在城里转了一圈,发现打着诸如"×××免费体验中心"招牌的大小机构,竟不下数十家之众。

所谓"免费",就是吸引身体亚健康或者具有某些慢性疾病的人,无须付费,便可去享受他们所提供的那些"理疗产品"的保健乃至治疗服务。而且,只要你愿意或时间条件许可,可以天天去。自然,其顾客主体是那些休闲在家的老年人。

岳母便是一家免费体验中心的"铁杆粉丝"。几乎每日里(除了周日该中心员工休假外),岳母基本雷打不动地跟一帮老年伙伴去那里"按时报到"。

该中心为了提高人气指数,不吝以小恩小惠,奖励顾客们的"全勤"。岳母手里便持有一本该中心颁发的"出勤考核记录"册子。自打去那里开始免费体验至今近两年来,岳母表现积极,册子上一直都是"全勤"记录。因而也陆陆续续领得了一些"奖赏":毛巾、面条、鸡蛋、保健香皂等。虽然价值不高,可岳母总不无得意地念叨:"这可是免费领的哩!"

而且,该中心坚持对每位顾客实行最热情贴心的服务。员工大都是年轻人,因而每日里总是面带笑颜,异口同声地亲切称呼顾客为"大伯""大妈""爷爷""奶奶"。同时,常有专家模样的人上台为顾客大讲特讲他们的产品如何能全身保健、如何能治疗疑难慢性病云云。且时有据称购买过该产品的顾客代表"现身说法",助阵其宣传力度。

本就为人忠厚的岳母,终于忍不住花钱购买了一件价值两千多元的保健按摩仪。紧跟着,老人还试图"说服"家人,让她再购买该中心的"王牌产品"——一个所谓功能显著的玉石床。不过,价值近两万元。"好多人都买了的啊。跟我一起天天去的黄大妈,才做不到三个月的免费体验,前些天就把那套玉石床买回家去啦。我去那做免费体验都两年了,人家那些员工天天一口一个'大妈好',不买一套还真过意不去哩。"岳母似乎是对该中心动了"真情"了。

道破开来,该中心算是代表了所有此类免费体验机构的"典型"运作模式——以"免费"为诱饵,同时针对顾客大都是对健康较注重或慢性病缠身的老年顾客,大打"亲情牌",最终达到推销其产品的目的。如此算来,大凡购买了其产品的顾客,实质已是为自己前期的所谓"免费体验"买了单——只不过是先上车再买票而已。

佩服此类机构"颇具匠心"的营销策略。至于对其所宣传的产品的科学性与实效性的探讨与验证,其实并不重要——至少我个人对其是持了"怀疑态度"的。重要的是,它生动揭示了本为大家所熟知的一条道理——天下没有免费的午餐!

若谙此理,亦何必再轻易去自陷那些贴着"免费"标签的"温柔陷阱"呢?

堵

堵车,是城市肌体上几乎无法根治的一道顽疾,它时时牵动着我们的神经,亦让我们的意志屡受考验。

一场规模空前的堵车大戏,正在大街上触目惊心地上演着。

起先是逝水一般的车流,在某个点上,不明原因地被骤然堵住。接着,一辆又一辆原本奔驰的汽车,前挨后靠地,渐次刹住。时间以分秒计。被迫刹住的汽车,越来越多,直至串缀成一条长长的僵死的铁壳甲虫的尸身,一眼望不到头。

一时间,交通瘫痪,空气凝固,时间停滞。车内的人,忍受着揪心的煎熬。车外旁观的人呢,看到的也不是惬意的风景,而是满目的压抑不堪。

类似的经历,为生活在都市里的我们所常见。

堵车,是城市肌体上几乎无法根治的一道顽疾,它时时牵动着我们的神经,亦让我们的意志屡受考验。不过,每当交通恢复的那一刻,总会赢来一派犹如重生般的无上欢悦——车轮撒着欢奔驰如故,人脸愁云散喜笑颜开……

堵——亦是生命的一种常态,是通往人生顺境的必要历练!

与城市亲密相拥

门对门

若要打破这"门对门"的尴尬,唯有在心与心之间,互开一扇窗。

都市深处。同一栋居民楼。同一楼层两家住户。一南一北,门对门。

很多时候,两扇厚重的防盗门,都兀自紧闭着,像两张僵冷的面孔,漠然相对。

即使偶有巧合,两扇门才会忽然间同时打开——各自的主人或同时开门进屋,或同时出屋开门。虽有目光的短暂碰撞,却并无互动,表情亦木然。

除此以外,两扇门始终是最长久的寂然对峙——且多年如斯,不曾改变。

若要打破这"门对门"的尴尬,唯有在心与心之间,互开一扇窗。

都市里那些稀缺的珍品

因为稀缺,一些原本极为平常的东西,在浩荡都市里,竟成了珍品。

1

菜市场里,那些带有"土"字头的菜蔬,如土胡萝卜、土番茄、土茄子……乃至土鸡鸭肉蛋等,基本都成为大众市民热购的对象。

按一般常识,那些"土"字头的蔬菜,是在自然环境下,无污染、无添加而自然生长起来的,是绿色食品。只是,此类菜蔬,在菜市场所占比例较小,为稀缺之物。

因为稀缺,一些原本极为平常的东西,在浩荡都市里,竟成了珍品。

2

置身浩荡都市,噪闹,无时无地,不袭扰身心——清静,成了稀缺珍品。

大街头,闹。无数汽车的鸣笛声,商贩们配有高音喇叭的叫卖声,众多行人的喧哗声。

商场里,闹。环绕音响声,顾客聒噪声,不绝于耳。

餐馆内,闹。除了众食客咀嚼食物的嗑吧声,还有他们不时发出的闲侃与笑声。

车站,码头,广场,歌舞厅,菜市场,都闹……在城里欲觅得一真正清静之地——难!

要想享受一处"清静"时空，或可以付费，将自己遁入某些幽深的私密之所；或索性将耳朵罩住，以获取一时的耳根清净。

最挑战听觉耐性的，则是夜间入眠时。屋外，车笛声依然会时时响起，还会伴随有夜游一族杂沓的足步声踩过。若因这夜里的噪声使你特别烦躁，而根本不能安睡，你要么购一套城边山上或郊区的房屋入住；要么将门窗和墙壁，设计成隔音的完美效果；要么得在躺下前，除了将所有门窗关严，还最好将耳朵堵住，或者以被蒙头。

当然，之于大众市民而言，随遇而安，闹里求静，习惯成自然，则是一种虽无奈却极管用的现实之道。

3

密密层层的水泥丛林，挤在一块，挨在一块，这便是城市的面貌特色。

一上街，尤其是步行街，摩肩接踵，熙熙攘攘，已成常态化景象。

马路上，过于密集的车流，使得某处稍一出纰漏，堵车便亦成常态。

去商场去公园去游乐中心，乃至上公厕，也常常有人众挤挤碰碰，更甭说挤公交、赶地铁上下班了。

城里怎一个"挤"字了得！

因为"挤"，城里空间，凸显出一种逼仄的不堪状况，而使都市人不幸缺失了身心上的双重自由。

为了开辟空间，拓展视野，逃离"挤"的宿命，你要么出城去海滨去山上去郊区，远离城中心居住；要么去野外旅游，暂时获得身心自由；要么在城里选购一套足够大的房子，且最好带有天台，或至少带有外阳台，来为你自己的生活，辟出一座都市里的"后花园"。

倘若所有这些方面，你都难以企及，你唯有站在镜子前，对自己莞尔一笑——权当在这世间修行吧，心远地自偏哩！

4

苍茫都市，芸芸众生，面孔如繁星处处呈现，只是大都彼此陌生。

因为陌生，冷漠、戒备成了常常浮现于人们脸上的标签式表情。

都市繁华热闹的表象下，掩盖着的，却是冰凉、坚硬的质地。

乡下生活的母亲，每从老家进城来，总会在我居住小区主动跟邻舍们打招呼，攀谈，虽然和他们并不相识。奇怪，那些平素里和我们无语且带冷面的人们，竟可以与母亲聊得自在，如遇故人一般。

性情随和的母亲，其实为我们破译了人与人之间沟通的"密码"——坦诚相待。

坦诚相待，让人心彼此间消融了隔阂，心与心之间，不再有堡垒——而这亦是都市人所稀缺的一件珍品。

何妨在擦身而过里，彼此给一个微笑；在近身相处时，彼此少一份戒备；在毗邻而居时，彼此多一次问候……

5

都市人最稀缺的，还有一件珍品——内心的纯真。

攘攘都市，是一个欲望的集中营。存身于其中的人，总不免会被欲望填塞了内心：浮躁、功利、贪婪、追求不止，以致让身心承载重荷之苦。

朋友Z君，多年前从乡下进城来打拼。从一个车间学徒工，一步步升为师傅、车间主任，至目前的副厂长，距厂长之位，仅一步之遥。厂长人过五旬，离退位不远，他自然"野心勃勃"，可竞争这一职位的中层干部有好几位。Z君因此常感身心疲惫。除此之外，Z君还在为自己银行存款数的进位，而操着心哩！

Z君与我小聚，不住长吁短叹，一副"人生不得志"的情状。"何不适当放一放自己，回归纯真内心。"我笑而提醒道。Z君似有所悟。那以后，再聚时，脸上渐显云淡风轻。

回归内心，还原纯真，是在自觉关闭了欲望之门后所臻达的全新境界。

当明月倾城时，且将自己囫囵沐浴于清灵如水的月华里吧，让那永远不会被都市欲望所污染的月华，洗去你心底的污垢。或者，翻开久违的书页，在兰花一般沁人心脾的墨香里，回归简单而纯净的初心……

何处安放的老年

趁着腿脚还迈得动时,出城到各地旅游,能走多远就走多远。在人生的最后一程,再好好看看大千世界,不给人生留下遗憾吧。

居于城市已有经年。步入中年的我,忽一日闭门静思间,想及一个看似遥远却倏忽即至的重大人生课题——我的老年将何处安放?

过年回乡下与家人团聚时,曾跟父母和表弟说过:"你们好好将这老屋守着,待我退休后回来,把它扩建成乡村别墅,我就在此养老啦。"他们都笑着点头,只是不语。

学陶渊明回返乡土,谱一曲《归去来兮辞》,远离城市,过返璞归真的田园生活。这似乎听起来有诗意之美,涂抹着一层淡淡的理想主义色彩。可若往深处往远处展开了去想,会发现,理想与现实间存在着不可忽略的差距呢。

首先,乡下虽有着城里所没有的独特优势,如清洁的空气、安静的环境、开放的空间等。可是,医疗服务条件、养老服务水平等,与老年人密切相关的方面,却较城市落后得多。尤其如我这类本就体弱多病者,人到老年后,健康状况会更为下滑,而对医疗和养老服务条件的依赖程度自然会越强,教我如何能放得下心来,离开条件相对优越的城里呢?再者,惭愧地说吧,我几乎不会侍弄庄稼,年轻时就不善稼穑之事。人到老年后,回到乡里,精力和体力都不支了,更不大可能干些活计以活动筋骨,也就适合在城里学学打太极、逛逛街而已。或许,之于过惯了城里生活的我们这些大多数现代人而言,"采菊东篱下,悠然见南山"不过是古典文学里创设的缥缈意境罢了；若要真离开繁华都市，去过于清寂的乡下生活，反会不大适应。偶尔回乡小住几日，权作休闲一时，却难以待得长久。

如此想来，回乡下养老，不过算作一句"调侃之言"吧。

那么，就跟儿子住在一起吧。儿子成年后，结了婚，添了孙子，一家三代同住一屋，那时的我，可得儿孙绕膝之欢，尽享人间天伦之乐，该是何等幸福的晚年！

曾试探着在饭桌边问十来岁的儿子："杰儿，爸老了，可要跟你过啊。好不？"儿子一边低头刨饭，一边抿嘴浅笑。老婆在一旁插言道："早着呢，谁晓得今后那进门的儿媳妇脾气咋样啊？能与你我这老头子老太婆相处得好不？"

老婆的话，即使不必认同为"中的之言"，起码也不无道理。自古以来，中国家庭里婆媳、公媳之间，总难免磕磕碰碰，这是不争的事实。何况，作为"90后"的儿子儿媳，与我们这类"70后"，在一些观念包括生活习惯上，有着一道难以逾越的鸿沟，或者准确地说叫"代沟"吧。因为代沟横亘在我们面前，两代人同住一屋，应会有许多不相协调之处，比如生活细节如饮食口味、作息规律等，都会有较大差异。而且，现代年轻夫妇，又看重自己能拥有相对独立的生活空间，不愿有"外人"，包括彼时的我和老伴相扰，这也是一种时代特征。再具体点说，现在还年少的儿子，在性格上与我便已渐渐暴露出某些反差，随着年龄的增长，这种反差会愈加明显，甚或产生较大分歧和冲突。同住一屋，甭说天伦之乐，恐怕反添尴尬甚或烦忧。再者，即使儿子儿媳好相处，可如今的年轻一代，总有很多自己的事要忙，他们可能根本无暇顾及我和老伴的存在呢——我们若真与他们住在一起，只能给他们平添麻烦，我们于心何忍？

看来，原本想与儿子住在一起养老，让儿子传承赡养孝道的愿望，估计也会成浮云。

且考虑就在这座生活多年的城里，过独立自主的老年生活吧——心志高远的儿子，会去遥远的大城市安家立业。这里或许是我比较合宜的老年安放之所吧。经历了多年养儿之苦，也经历了多年工作之累，及至老年，一切都放下了，一切都抛开了，风烟俱净时，该好好过一场属于自己的人生了。

但与独立伴生的，是老年的孤独。如何调节好这二者之间的矛盾呢？我想，首先，是心态的调整。人老心不老，老而未朽。何必徒叹"廉颇老矣，尚能饭否"，何妨高歌"老骥伏枥，志在千里；烈士暮年，壮心不已"。人到老年，关键要保持一颗常青的心，要积极料理自己的生活，努力描绘出一幅生命的"夕阳红"。比如，我正可以将多年坚持的读书写作习惯，更好发扬一下，在文字王国里，寻求精神的愉悦与丰盈。有人说，人可以活90岁，前30年用来读书，中间30年用来旅行，后30年用来著书立说。我计划在我的后30年，潜心于写作，为子孙为世界，多留一些精神财富吧。

此外，我还会利用城里为老年人提供的多种有益空间，积极参与到老年朋友们的活动中去，以充实自己的老年生活。比如参加一些我喜爱的文学艺术团体，参加老年文化沙龙，分享读书与写作体验，参加一些力所能及的城市义务宣传等；保持忙碌的状态，活出精气神来。

趁着腿脚还迈得动时，出城到各地旅游，能走多远就走多远。在人生的最后一程，再好好看看大千世界，不给人生留下遗憾吧。

处身于居室里时，也有多种方式排遣孤独。和老伴唠唠嗑儿，和儿子通通电话；或者读读书，听听音乐，自得其乐；或者刷刷微信聊聊天，和朋友多交流，与外界保持联系；或者看看微博上上网，和时代同呼吸。别让世界将你遗忘就可以了。

如果终有一天，老伴不在了，儿子也不在身边，我也渐渐丧失了生活自理的能力。相信，到那时，城市的养老服务机制将更趋完善与成熟，如居家养老、社区与机构养老等多种形式并存，我便应该是其中受惠的老年人之一了。"城市，让生活更美好"——是我们这个社会共同的理想吧！

"出"城

正如小说《围城》所揭示的那样,一边是城外的人对城市的趋之若鹜,一边是不知何时悄然兴起的城里人出城的逆流。

《围城》是钱锺书写的一部小说。该小说将婚姻形象而贴切地比作一座城,城外的人想进来,城内的人想出去。

婚姻如城——人生的一些方面又何尝不如城呢?对于城,人们总在亦出亦进间,演绎着尘世里的两种矛盾又统一的经典主题。

我今天要说的城,即指物理意义与地理空间上的城市,是有别于乡村的人口、楼房等相对集中的人类生活和工作的区域。较之于乡村,有更为便利的医疗、卫生、交通、教育、法律等服务优势。而且,随着时代的发展,其所具有的这些优势会愈加明显。所以,自其诞生以来,便吸引着一批又一批外来人口进驻其中。且因为城市的发展是社会富强、文明的重要标志,于是城市更招引着越来越多的城外人口进城来定居、生活和工作。

我国的城市化运动,从20世纪70年代后期起,呈现蓬勃发展态势,大量人口由乡下涌入城市,城市规模逐年扩大。大量的乡村人口,在不同的城市里,过上了城里人的生活。

然而,正如小说《围城》所揭示的那样,一边是城外的人对城市的趋之若鹜,一边是不知何时悄然兴起的城里人出城的逆流。人在城里享受着各项便利服务、体验五光十色都市生活的同时,却又不得不时时刻刻直面一系列城市弊端,比如噪声、空气污染,比如交通拥堵,比如消费压力,比如生存竞争……而且,时日愈久,人便会愈加不堪承受这些弊端带来的生命之重！于是，"逃离"，无论暂时的还是长久的"逃离"，便成了城里人最冠冕堂皇的理由吧。

出城的方式，时下大致有以下几种。

其一，回乡下老家探亲访友。乡下开放空间里，清新的空气，清净的环境，是久居城里的人最为憧憬的方面。而且，这里也是许多城里人的老家——或者叫故乡吧，这里有他们的亲人和他们的根。他们出城来这里稍稍停留些时日，呼吸呼吸新鲜空气，重温一下血脉亲情。这该是一件多么两全其美的人间好事呢！

其二，外出旅游。旅游，正越来越成为现代人尤其是城里人的一种大众化时尚休闲方式。暂时逃离了水泥丛林的封闭与禁锢，到广阔天地间开阔视野，拓展胸襟，放飞心情，颐养情怀，何乐而不为呢？

旅游，往细里分，有农家乐游、周边短途游、中长途出游等。

农家乐常在城郊。近年来，各处农家乐搞得风生水起，吸引了无数城里人在周末或节假日里，出城来此，吃农家饭，赏农家歌舞，钓钓鱼，打打牌……其乐融融。

周边短途旅游。可以去看乡村的油菜花海，在炫目的金色海洋里，拍照留影，或者将自己化作蜂蝶翩跹。可以去赏游城外的山村或竹海，去感受林荫蔽日的幽雅清静，去感受茂竹青青的诗情画意。可以去邻近的风景名胜，在美丽风光里流连，在古朴名胜里沉醉……尽享逃离城市樊笼的畅意吧。

中长途旅游。包括跨地区、跨省市、跨国际乃至跨洲界的外出旅游。不过，这常常需要以一定的时间和金钱作为保障。之于城里待久的人而言，其最大魅力在于，可以畅游天下名山大川，可以畅享世间风味美食，可以畅览各地奇风异俗……感受世界之大，体验天马行空的洒脱，这是真正暂时逃离了水泥丛林束缚的"潇洒走一回"。

其三，到乡村创业。不少城市处于"人满为患"的状态，就业问题日益凸显。于是，相对广阔的乡村大地，则成了一些有眼光有胆魄的城里人出城创业的用武之地。他们承包山林，搞山禽山珍养殖；他们承包土地，搞大手笔粮食生产或蔬菜大棚；他们租用村舍，搞肉猪蛋鸡养殖等……他们在由一个纯粹的城里人向乡下人蜕变的过程里，历经了磨炼，往往能开辟出一个引为自豪的创业新天地，既积累了个人财富，也带动了乡村经济的发展，成为"城乡经济联谊"的典范。

其四，到城外定居。在城里饱受噪声、空气污染之害后，若能到城外寻一处清洁、安静之地安居，将是一种不错的生活理想呢。比如，在郊区、乡村、山上、海边，拥有一套属于自己的房子，安然享受宁静舒适的居家生活，应该是羡煞多少世人的奢华时尚。自然，此般选择，应具备主客观条件。客观上，要有便利的交通，以实现"在城里上班在此地安居"的衔接；主观上，须有较为雄厚的私家财力，能购买得起大房子，且有自己的小车等。因此，这种城外安居模式，目前在国内暂属少数。

有尊严地活

尊严，无关金钱、地位和浮世间一些虚无的东西；尊严，只关乎一颗清明、清醒和不染淤泥的心！

逛街时，常看见一些肢体残缺的乞丐，以各种让人不忍目睹的姿态，辅以乞怜的眼神，向过往行人讨取钱币。

这类人，因为肢体的缺陷，本属不幸，而他们靠出卖人最珍贵的东西——尊严，苟且地活着，则是更大的不幸！他们无疑成了这繁华街市里最悲催也最卑怜的存在。

也见过一对残疾的夫妻。他们不肯沦落街头，靠乞讨为生，而是携手于闹市一隅，开了一个小店，自食其力。截了下肢的男人，坐在轮椅上，以一双巧手和一份热忱，专修各类鞋、伞等物。脊背高高凸起的女人，则在店内经营日用小百货。他们的脸上，时时洋溢着笑容。那笑容里，有着对生活的热爱，亦有着做人的自豪……

某个冬日黄昏。我下班后，到菜市场买了一袋子菜，走在回家的路上。拐过一处街角，瑟瑟冷风里，我瞥见一个年约十七八岁的小青年，穿着单薄的衣服，略带稚气的脸，显出几分苍白。他看我时的眼神，闪过一丝犹疑和躲闪，但很快又笃定和决然："叔叔，我可以帮你拎袋子么……"声音有些低，像被冷风吹散了去，却含了恳切的味道。

我点点头，表示同意。小青年如奉圣旨，赶紧从我手里有些慌忙却又带了几分礼貌地，将菜袋接了过去。而后，拎着它，与我并肩而行。

我们一边走，一边聊开了话儿。原来，小青年从遥远的乡下老家来城里找工作。无奈，在城里奔波数日，未能如愿。身上带来的钱已花完。从早晨到此时，他还未能吃上一顿饭。举目无亲、倍感无助的他，饥寒交迫之际，遇见拎菜的我，觉着我面目可亲，便打定主意，出卖点力气，从我这儿挣点饭钱。看着稚气未脱又态度诚恳的这个大男孩，我自然动了恻隐之心。

当小青年陪着我走到我的居住楼下时，我慷慨地给他递过去三张十元钞票，还互留了手机号，鼓励他去找工作，若有困难，可再联系。小青年对我鞠了一躬，辞谢而去。温情弥漫、华灯初上中，我目送一个年轻的身影，渐渐消失在苍茫都市深处……

几天后，小青年打来了电话，告诉我喜讯。他找到了一份比较称心的工作，并说他隔两天还会来登门致谢。

陌生小青年用自己的方式，在最困窘无助的时刻，维护了做人的尊严。他没有像街头有些流浪汉，要么乞讨度日，要么吃人家的剩饭菜；也没有如某些少年，双膝跪地于攘攘街边，面带乞怜，面书"请给二十元车费钱"云云。我相信，他以后的路，一定可以走出如这大街一般的宽阔且风光无限！因为，尊严是无往不胜的开路神器。

Q女士是我所熟识的一位女性朋友，而今是实业界成功人物。当年，她刚从大学毕业，满怀憧憬地进入了一家外资企业。彼时的她，青春靓丽，活力非凡。就在她热情高涨，准备向高处攀登时，单位老总不顾自己是有妇之夫，向她殷勤示好，企图以职位升迁为筹码，诱引她做自己的情人。在尊严和前途面前，她毅然选择了前者，辞职而去。她有信心，依靠自己的才干和追求梦想的执着，要在这险境遍布却又充满机遇的都市里，闯出一片天地，证明自己活着的价值！

上天总是眷顾心怀志向的人。那以后，Q女士坚定信念，朝着梦想的方向，一往无前。为了生存，她在街头摆过地摊，在不入流的小单位打过工，也到"高大上"的大部门谋过职……其间，她也同样遭到那些心怀不轨之流的各种威逼利诱。可她始终没有放弃自己身为一介清白女性的尊严，一路迂回跌宕，几经磨砺，最终颖脱而出，成为实业界一朵惊艳的"奇葩"！

一次，和一好友于茶余闲暇，探讨"如何在茫茫都市里有尊严地活着"这一话题。

友人：那些只能靠扫大街或者在酷暑严冬里辛苦劳动于工地的人们，和整日里养尊处优却依然过着衣食无忧的日子的一类人，谁活得更有尊严呢？

我：怎么说呢？是否活得有尊严，并非以人们生活的物质条件的优劣为参照吧？

友人：是啊，一个在街头面带笑容的流浪汉，也会比一个睡在金窝银窝里愁眉怨叹的有钱人，活得更有滋味哩。

我：问世间尊严为何物，可教人清醒处世？

友人：值此喧嚣尘世，在这欲望丛生的都市，多少人为了获取或名或利或成就梦想，何曾还以做人的尊严为念呢？

我：也是。为求名利不择手段的例子也有耳闻。

友人：苍茫世间，偌大都市，活出尊严的，亦不在少数呢。有的人，虽居陋室，却并不嫉妒人家住高楼豪宅，依然懂得在陋室里，安然自在地过他的粗茶淡饭却幸福恬淡的日子。有的人，虽行无香车，甚至以步行为常态却依然能够习惯了含笑向前，与驾豪车者相比，不损半点志气。有的人，虽窘迫半生，形单影只，却依然不会艳羡那些富庶之人，更不会禁不住街巷里的"红灯区"诱惑，堕陷其中，而是洁身自爱，以努力来维护弥足珍贵的做人"尊严"……

末了，我们总结道：尊严，无关金钱、地位和浮世间一些虚无的东西；尊严，只关乎一颗清明、清醒和不染淤泥的心！

第七辑

城市诗韵

华灯闪烁
梦幻与现实
在这里
缤纷交错
……

有一盏灯

霓虹闪烁
是迷幻
也是诱惑

不要在此中
太长久流连
当心
迷住了眼睛
更迷住了心

还是
抽身离去吧
那清明的路灯
会为你
照亮一条
回家的路

无须回头
也无须彷徨
归途的尽头
有一盏
最温暖的灯
在你最熟悉的窗前
眷眷地守望

城里的月亮

亲爱的月亮
你像腼腆的姑娘
羞羞答答
躲在高楼边上

你怕见那满城的灯光
灯光太迷离也太炫亮
会刺伤你清澈的明眸
会惑乱你纯净的心房

我绕过高楼的阻挡
终于望见你倾城的面庞
你的出尘脱俗令我震撼
我只想长久地与你相望

你却跟我像捉迷藏
不时躲到高楼的后方
我不住地在高楼与高楼的空隙间将你追寻
只为能与你短暂而唯美地相爱一场

后来我登上高高的楼顶之上
我以为那里可以是我们约会的地方
你却冷冷地遁入到渺远的苍穹
唯留满城那一片真实的灯火
慰藉我的感伤

与城市亲密相拥

书城里的唯美时光

忙里偷闲偷得浮生半日
穿越莽莽闹市光临
这座众书筑成的城中之城

空间虽大
却不过偌大都市之一隅
空间好大
纳百科汪洋
藏宇宙浩荡

似一只任性的鱼儿
在浩瀚书海中遨游
也似一只贪婪的蜂儿
在盈盈墨香里流连

于琳琅书架上
取一本精品
寻一处座位
在音乐悠扬里
悠然展开书页
悠然展开一段
唯美的时光

书香如潮涌阵阵

淹没了市井里所有的纷繁
音乐如天籁盈盈
屏蔽了尘世间所有的喧嚣
文字呢
亦如清流潺潺
将心底的浮躁一点点涤荡

十字街头

在生命的某一段旅程
我一步一步
徘徊于十字街头
除了徘徊似已成定局
我依然一无所有

我痛苦而又
心甘情愿地
让上帝随手抛下的
这只硕大的十字架
牢牢地钉在原地
却不知如何逃离

我一直在痴痴地守望
守望有一位佳人
穿过熙熙人潮
穿过攘攘车流
一路风尘翩然来到

可是时光渐老
佳人迟迟未来
只有四围的繁华犹在
不在的是
随风飘逝的青春年华

终于有一天
我不再对上帝迷信
惶急间我拔身而起
只想只想重新启程
去追寻佳人的倩影

东西南北
仿佛都是希望的延伸
却又茫茫然怅怅然
不知究竟哪一个方向
才可把佳人的芳踪觅得

霓虹灯闪烁
梦幻与现实
在这里缤纷交错
佳人呵
不过是一场
美丽的传说
现实的凉薄
在我寂寞的心头
唱着嘶哑的歌

与城市亲密相拥

菜市场

"一个城市的菜市场,最能体现一个城市的味道。"
——雪小禅《味道》

走进去犹如
走进一场盛大的聚会
浓郁的气息
扑鼻而来

嘈杂的热闹的
凌乱的挤攘的
无不裹挟着一种
俗世的味道儿
让人晕眩叫人陶醉

萝卜的白番茄的红
茄子的紫菠菜的绿
还有鸡鸭肉蛋的色泽
呈现开来的
是视觉的盛宴
更是最熨帖人心的
人间写实画
它胜过偌大都市里
所有的浮华

菜市场是一个
永远值得光顾的地方
走进去
可以嗅闻凡尘烟火
可以触摸民间脉搏
还可以让一颗
留恋凡尘的心
与之最温柔最缱绻地衔接

小区里的温柔夜时光

是楼下广场上悦耳的乐音
是孩童们的笑闹
也是窗前月色的召唤
吸引我离开电脑
离开虚幻的世界
然后闳然打开厚重的防盗门
迈步走向屋外
现实世界里浓烈而真实的气息
扑面而来

四围矗立的楼房
将一方不大也不小的广场
围成一方温柔的时空
如水的月色融合在迷离的夜色里
建筑物上那些棱角的坚硬
和地面上白昼里的苍白
也因月色的浣洗和月色的濡染
而变得亲切柔软

那四围依然亮起在各处窗户前的灯光
宛似一道道深情的目光
深情且眷眷地
把魅力无限的广场夜时光凝望
平素里或者白昼中

彼此曾一直生活在
各自那座小围城里的人们
此时此刻就像
月色与夜色的融合
人与人之间那道隔着的重门
恍惚间已不复存在
到处是距离与距离的消弭
于咫尺互动里传达着和谐与善意

跳广场舞的女人们
方阵儿排开一起
与月色与夜色共舞
唠嗑的侃大山的
几乎把脑袋碰在一块儿
做着唇舌间的交流
就是不言不语的众人
也那么切近地凑在一处
静静地挤成一堆
感受着共度时光的悠然闲适
而那些从各道重门里走出来
会合到一起的孩子们
以一颗颗最不设防的童心
很快将彼此的快乐与烂漫
如月色和夜色般交融成一片

月色与夜色的交融
和着空气里
弥漫开来的乐音与花香

在一张张或陌生或熟悉的脸上
温柔地涂抹下一层淡雅与芬芳

我陶醉了
陶醉在
这一方
美好的休闲夜时光里
陶醉在
这一派
弥足珍贵的温馨宜人的氛围里

城里人

我是城里人
一个有幸
生活在城里的人

满目繁华绚丽
成了与我彼此
相亲相融的风景
日日月月
在璀璨灯火里
感受人间天堂的魅力

可以去KTV放歌
让个人的心跳
与城市的脉搏一起律动
可以去咖啡屋小坐
料理出一方优雅时空
品咂都市生活的情调

或者到众书荟萃之所
心灵携墨香缕缕上路
漫步于文字铺开的悠悠旅途
或者于美食汇聚之地
心情与舌尖浪漫共舞

与城市亲密相拥

体味一座城市的丰美与细腻

我是城里人
一个不幸
落户于城里的人

无休无止的噪声
搅扰着精神的安宁
密不透风的高楼
禁锢着内心的自由

挤是攘攘都市里的必修
挤公交挤地铁挤街巷挤菜市
堵是城市交通的顽疾
一堵往往一条街道的神经都崩溃

还有看不见硝烟的生存竞争
常常令我备尝活着的艰辛
而那繁复莫测的人际江湖
亦让我时时疲于应付

可是我依然要自豪地说
我是城里人
我是幸福的城里人

我幸福
我领略到了城市生活
美好与残酷的交叠

这里的岁月
原来是如此丰满而真实
而生活于此中的我呢
亦因有了明朗与晦暗的交互
生命的色彩
才得以这般的相映成趣

灯海苍茫

满城灯火如昼
一个人
在大街上逡游

身边是陌生的熙来攘往
满目是迷人的绚丽堂皇
我像一叶孤独的轻舟
几乎迷失于这片灯火的海洋

在都市的无边繁华里
我的心魂　如灯火般摇曳
左冲右突　东游西荡
却不知自己身在何方

马路上那流动的车灯
流动成一部浪漫的诗篇
江岸边那闪烁的灯束
闪烁成一带璀璨的星汉

灯火如昼亦如梦
我在恍惚如梦里

恍惚觉着自己
也化作了
苍茫灯海里的一抔亮星
和一座城市融为一体

与城市亲密相拥

喜欢像一尾鱼儿
汇入熙熙攘攘的人流
在摩肩接踵的拥挤中
与一座城市呼吸与共

挤公交挤地铁
大凡人多车密之地
都喜欢去挤
而挤是人与城亲密相拥
最简单也最热烈的表达方式之一

习惯了反反复复
在城市里头
任性地游走
可以什么都为
也可以什么都不为

去街头去巷尾
去餐馆去酒楼
为的是贪求
那些舌尖上的美味
品觉美味润泽里的城市的风韵

去图书馆去新华书店
去书报亭去二手书摊
为的是亲近那些
散发着墨香的书籍
揣摩书香氤氲里的城市的心事

去茶室去KTV
去商场去菜市
为的是嗅闻那些
烟火红尘里的气息
感受烟火萦绕下的城市的温度

或者只为
漫不经心地流浪
任何一处街市
都是途中眷恋过的风景
任何一隅巷弄
都有心底流溢出的温情
在漫不经心的流浪里
有人与一座城市的深情对视
有人与一座城市的肝胆相照
有人与一座城市的缠绵缱绻

白天和芸芸众生
像蚂蚁一样辛勤
奔波于城市间
各个生存觅食的路口
而那忙碌不休的节奏

是人与城亲密相拥的
又一种炽烈的爱意

夜里万家灯火
繁花一般绽放
灯火照出了天堂的颜色
城市的万种风情
于此刻恣意呈现
卸下了白日里
生存竞争的负荷
才真正投入到
生活温馨的怀抱之中

逛大街赏霓虹
进影院看大片
在夜宵里尝够一座城市的味道
在高歌中唱尽一座城市的魅力
人与城就这样亲密相拥
于迷离灯火中
水乳一般交融

让世界保留本相

如果可以让喧嚣
不再充斥于城市空间里
还之以僻野般的清寂
人们便可以安享耳根之福

如果可以让挤攘
不再泛滥于街头与巷中
还之以莽原般的空阔
人们便可以少却出行之苦

如果可以让楼宇
不再密密层层地围阻
还之以村庄般的开放
人们便可以免受封闭之困

如果可以让灯光
不再繁星遍布似的炫亮
还之以古典般的夜黑
人们便可以尽得眼目之闲

如果可以让节奏
不再像陀螺一样飞转不休
还之以浮云般的悠然
人们便可以回到从前的慢

与城市亲密相拥

如果可以让竞争
不再像战场一般激烈不已
还之以静潭般的和平
人们便可以活在桃花源

也让太多的陷阱
以及太多的城府
和江湖
都荡然无存
就让偌大都市
成为浮世苍生
和谐共处的栖息之地

只是这一切
却无法真的改变
不然,城市
还叫什么城市

正如天空本来就是那么
高远而又风云变幻
大地本来就是那么
坦荡而又风景无限
海洋本来就是那么
辽阔而又涵纳百川
我们所寓居的这个星球
本来就是那么浩瀚而又包罗万象

且让世界保留它的本相
我们直须坦然面对
可以为了格物致知
或者更为
活在真实之中